금오신화

금오신화

서해문집 청소년 고전문학 002

초판 1쇄 발행 2022년 3월 20일
초판 2쇄 발행 2023년 12월 20일

지은이	김시습
옮긴이	이가원 허경진
해 설	김영희
그린이	이로우
펴낸이	이영선
책임편집	이현정

편집	이일규 김선정 김문정 김종훈 이민재 김영아 이현정
디자인	김회량 위수연
독자본부	김일신 정혜영 김연수 김민수 박정래 손미경 김동욱

펴낸곳 서해문집 | 출판등록 1989년 3월 16일(제406-2005-000047호)
주소 경기도 파주시 광인사길 217(파주출판도시)
전화 (031)955-7470 | 팩스 (031)955-7469
홈페이지 www.booksea.co.kr | 이메일 shmj21@hanmail.net

ISBN 979-11-92085-17-3 43810

서해문집
청 소 년
고전문학

002

금오신화

김시습 지음
이가원·허경진 옮김
김영희 해설
이로우 그림

서해문집

머
리
말

《금오신화》는 우리나라 최초의 고전소설입니다. 김시습이 경주 금오산에 머물며 지은 단편소설 다섯 편을 묶은 작품이지요. 각각의 이야기는 저마다 완결되어 있으면서도 공통점을 지니고 하나의 세계관을 완성해 갑니다. 시대 배경이 달라지고 주인공 이름도 달라지지만 김시습의 삶 일부를 반영하고 있기 때문입니다.

그의 생애에서 숙명적인 분기점은 수양대군이 조카 단종의 임금 자리를 빼앗은 사건입니다. 산속에서 공부하다 이 소식을 들은 그는 읽던 책을 모두 불사르고 전국을 떠돌기 시작합니다. 세종에게 인정받을 정도로 총명했지만 세조 이후 단 한 번도 벼슬길에 나아가지 않고 미친 짓을 하지요. 글을 배우러 온 선비에게 돌을 던져 내쫓고, 재판정에 들어가 엉뚱한 논리로 판결을 뒤집고, 행차하는 재상 앞에 갑자기 나타나 무례하게 굴기도 했습니다. '충신은 두 임금을 섬기지 않는다'는 유교적 가치관이 무너진 충격 때문일까요, 아니면 자기 앞에 보장되었던 출셋길이 막혔기 때문일까요.

남다른 그의 행동은 민간에서 기록한 역사나 떠도는 이야기들에서도 흥미롭게 다룹니다. 그러나 과장과 허구가 많아 무엇이 과연 김시습의 진짜 모습인지는 모릅니다. 선비였는지 스님이었는지, 도가에서 말하는 것처럼 도사였는지도 분명하지 않습니다.

확실한 건 김시습의 일생과 작품 세계가 현실에 대한 반항으로 일관하고 있다는 점입니다. 그는 남에게 굽히기를 싫어했습니다. 하지만 조상에게 물려받은 재산이 없어 다른 사람들에게 의지할 수밖에 없었습니다. 세상을 부정하면서도 결국은 타협해야 하는 상황 속에서 갈등했지요.

《금오신화》는 그가 꿈속에서나마 여러 굴레와 인습을 벗어나 자신의 능력을 펴 보려 했던 소설입니다. 그랬기에 지옥과 용궁, 이승과 저승, 천오백 년 전의 과거와 현재를 넘나들며 글솜씨와 학식, 포부를 자랑합니다. 사랑과 자유로운 연애를 즐기고 종교와 우주관을 토론하지요. 당시 사람들은 괴이하게 여겼지만, 그 속에는 유교에 대한 소양과 불교적 관점이 어우러져 있습니다. 오랜 방황 끝에 이러한 돌파구를 만들어 정신의 안정을 얻으려 했던 것입니다.

예전에는 일본에서 간행된 《금오신화》가 가장 오래되었다고 했는데, 중국 대련도서관에서 조선의 윤춘년이 편집한 목판본이 발견되어 초기의 모습을 확인하게 되었습니다. 《금오신화》의 주인공들이 다채로운 시공간을 오갔던 것처럼, 자신이 지은《금오신화》를 한국과 중국, 일본의 많은 독자가 읽었다는 걸 안다면 김시습도 반가워할 것입니다.

허경진

차
례

머리말 • 4

만복사에서 저포 놀이한 이야기 • 9
만복사저포기 萬福寺樗蒲記

이생이 담 너머를 엿본 이야기 • 39
이생규장전 李生窺牆傳

부벽정에서 취해 놀았던 이야기 • 69
취유부벽정기 醉遊浮碧亭記

남쪽 저승을 구경한 이야기 • 95
남염부주지 南炎浮洲志

용궁 잔치에 초대받은 이야기 • 121
용궁부연록 龍宮赴宴錄

해설 《금오신화》를 읽는 즐거움 • 156

만복사에서
저포 놀이한
이야기

만복사저포기

萬福寺樗蒲記

전라도 남원에 양생이 살고 있었다. 일찍이 어버이를 잃은 데다 아직 장가도 들지 못해 만복사라는 절 동쪽에서 혼자 살았다. 방 밖에는 배나무 한 그루가 있었는데, 마침 봄이 되어 꽃이 활짝 피었다. 마치 옥으로 만든 나무 같기도 하고, 은 무더기 같기도 했다.

양생은 달밤마다 나무 아래를 거닐며 낭랑하게 시를 읊었다.

한 그루 배꽃이 외로움을 달래 주지만
휘영청 달 밝은 밤은 홀로 보내기 괴로워라.
젊은 이 몸 홀로 누운 호젓한 창가로
어느 집 고운 임이 퉁소를 불어 주네.

외로운 저 물총새는 제 홀로 날아가고
짝 잃은 원앙새는 맑은 물에 노니는데,

바둑알 두드리며 인연을 그리다가

등불로 점치고는 창가에서 시름 하네.

시를 다 읊고 나자 갑자기 공중에서 말소리가 들려왔다.

"그대가 참으로 아름다운 짝을 얻고 싶다면 어찌 이루어지지 않으리라고 걱정하느냐?"

양생이 마음속으로 기뻐했다.

그 이튿날은 마침 삼월 이십사일이었다. 이 고을에는 만복사에 등불을 밝히고 복을 비는 풍속이 있어, 남녀가 모여들어 저마다 소원을 빌었다. 날이 저물고 법회도 끝나자 사람들이 뜸해졌다. 양생이 소매 속에서 저포*를 꺼내 부처 앞에다 던지며 소원을 빌었다.

"제가 오늘 부처님을 모시고 저포 놀이를 해 볼까 합니다. 만약 제가 지면 법연*을 차려 치성을 올리겠습니다. 부처님이 지시면 아름다운 여인을 얻어서 제 소원을 이루어 주십시오."

빌기를 마치고 곧 저포를 던졌다. 양생이 과연 이겼다. 양생은 부처 앞에 무릎을 꿇고 앉아 말했다.

"인연이 이미 정해졌으니, 속이시면 안 됩니다."

그는 부처를 모신 자리 뒤에 숨어서 약속이 이루어지기를 기다

---

* 저포 윷놀이와 비슷한 노름. 나무로 만든 주사위를 던져 승부를 다툰다.
* 법연 불교의 교리를 풀거나 불경을 소리 내어 읽는 자리

렸다. 얼마 후, 한 아름다운 여인이 들어왔다. 나이는 열대여섯쯤 되어 보였다. 머리를 두 갈래로 땋고 깨끗하게 차려입었는데, 아름다운 얼굴과 고운 몸가짐이 마치 하늘의 선녀 같았다. 바라볼수록 얌전했다.

여인은 기름병을 가지고 와서 등잔에 기름을 따라 넣은 다음 향을 꽂았다. 세 번 절하고 꿇어앉아 슬피 탄식했다.

"인생에 복이 없고 팔자가 서럽다지만, 어찌 이럴 수가 있으랴?"

그러고는 품속에서 축원문을 꺼내 부처 앞 탁자 위에 바쳤다. 그 글은 이러했다.

아무 고을 아무 동네에 사는 소녀 아무개가 외람됨을 무릅쓰고 부처님께 아룁니다. 지난번 변방의 방어가 무너져 왜구가 쳐들어오자, 싸움이 눈앞에 가득 벌어지고 봉화가 여러 해나 계속되었습니다. 왜놈들이 집을 불살라 없애고 살아 있는 백성들을 해치며 재물을 빼앗았으므로, 사람들이 동서로 달아나고 좌우로 도망했습니다. 저희 친척과 종들도 각기 서로 흩어졌습니다. 저는 버들처럼 가냘픈 소녀의 몸이라 멀리 피난을 가지 못하고, 깊숙한 규방에 들어앉아 끝까지 정절을 지켰습니다. 윤리에 벗어난 행실을 저지르지 않고서 난리의 화를 면했습니다. 어버이께서도 제가 여자로서 정절을 지킨 것이 옳다 하시며, 외진 곳으로 옮겨 궁벽한 시골에 머물러 살게 해 주셨습니다. 그런 지가 벌써 삼 년입니다.

가을 달밤과 꽃 피는 봄날을 아픈 마음으로 헛되이 보내고, 뜬구름 흐르는 물과 더불어 무료한 나날을 보냈습니다. 쓸쓸한 골짜기에 외로이 머물며 박명한 제 평생을 탄식하고, 아름다운 밤을 혼자 지새며 짝 잃은 채란*의 외로운 춤을 슬퍼했습니다.

그런데 날이 가고 달이 가니 이제는 혼백마저 사라지고 흩어집니다. 기나긴 여름날과 겨울밤에는 간과 쓸개가 찢어지고 창자까지 끊어집니다. 오직 부처님께 비오니, 이 몸을 가엽게 여기시어 각별히 돌보아 주소서. 인간의 생애는 태어나기 전부터 정해져 있으며 선악의 응보를 피할 수 없으니, 제가 타고난 운명에도 인연이 있을 것입니다. 빨리 배필을 얻게 해 주시길 간절히 비옵니다.

여인이 빌기를 마치고 나서 여러 번 흐느껴 울었다. 양생은 불좌 틈으로 여인의 얼굴을 보고 마음을 걷잡을 수가 없어, 갑자기 뛰쳐나가 말했다.

"조금 전에 글을 올린 것은 무슨 일 때문이신지요?"

여인이 부처님께 올린 글을 본 양생은 기쁨이 흘러넘치는 얼굴로 말했다.

---

* 채란 부부 사이가 좋았다고 전해지는 새. 짝을 잃고 3년 동안 울지 않다가, 거울에 비친 자기 모습을 보고 슬피 울며 하늘로 튀어 올라 죽었다는 고사가 있다. 난새라고도 한다.

"아가씨는 어떤 사람이기에 혼자서 여기까지 오셨습니까?"

여인이 대답했다.

"저 또한 사람입니다. 무슨 의심이라도 나시는지요? 당신께서는 좋은 배필만 얻으면 되실 테니, 이름을 묻거나 그렇게 놀라지 마십시오."

이때 만복사는 이미 퇴락해 스님들은 한 구석진 방에 머물고 있었다. 법당 앞에는 행랑만이 쓸쓸하게 남아 있었고, 행랑이 끝난 곳에 아주 좁은 마루방이 있었다.

양생이 여인의 손을 잡고 마루방으로 들어가니 여인도 어려워하지 않고 들어왔다. 서로 즐거움을 나누었는데, 보통 사람과 한가지였다.

이윽고 밤이 깊어 달이 동산에 뜨고 창살에 그림자가 비쳤다.

문득 발소리가 들리자 여인이 물었다.

"누구냐? 시녀가 찾아온 게냐?"

시녀가 말했다.

"예. 평소에는 아가씨가 문밖에도 나가지 않으시고 서너 걸음도 걷지 않으셨는데, 엊저녁에는 우연히 나가시더니 어찌 이곳까지 오셨습니까?"

여인이 말했다.

"오늘 일은 우연이 아니다. 하느님이 도우시고 부처님이 돌보셔서, 고운 임을 맞이해 백년해로를 하게 되었다. 어버이께 여쭙지

못하고 시집가는 것은 비록 예법에 어긋난 일이지만, 서로 즐거이 맞이하게 된 것은 평생의 기이한 인연이다. 너는 집으로 가서 앉을 자리와 술안주를 가지고 오너라."

시녀가 여인의 명령대로 가서 뜰에 술자리를 베푸니, 시간이 벌써 사경*이나 되었다. 차려 놓은 방석과 술상은 무늬 없이 깨끗했다. 술에서 풍기는 향내도 정녕 인간 세계의 솜씨는 아니었다.

양생은 의심이 나고 괴이했다. 그러나 여인의 이야기와 웃음소리가 맑고 고우며 얼굴과 몸가짐이 얌전해 '틀림없이 귀한 집 아가씨가 한때의 마음을 건잡지 못해 담을 넘어 나왔구나' 생각하고는 더 이상 의심하지 않았다.

여인이 양생에게 술잔을 올리고 시녀에게 노래를 불러 흥을 돋우라 명하며 말했다.

"이 아이는 옛 곡조밖에 모릅니다. 저를 위해 새 노래를 하나 지어 흥을 돋우면 어떻겠습니까?"

양생이 흔쾌히 허락하고 〈만강홍〉* 가락에 맞게 가사를 하나 지어 시녀에게 부르게 했다.

쌀쌀한 봄추위에 명주 적삼은 아직도 얇아

* 사경 새벽 1시~3시
* 만강홍 곡의 이름. 송나라에서는 이 노랫가락에 자기 마음을 표현하는 가사를 붙여 부르는 것이 유행이었다.

몇 차례나 애태웠던가, 향로 불이 꺼졌는가 하고.

날 저문 산은 눈썹처럼 엉기고

저녁 구름은 왕의 양산처럼 퍼졌는데,

비단 장막과 원앙 이불에 짝지을 이 없어서

금비녀 반만 꽂은 채 퉁소를 불어 보네.

아쉬워라, 저 세월이 이다지도 빨랐던가

마음속 깊은 시름이 답답해라.

낮은 병풍 속에서 등불은 가물거리는데

나 홀로 눈물진들 그 누가 돌보랴.

기뻐라, 오늘 밤에는

피리를 불어 봄이 돌아왔으니*

겹겹이 쌓인 천고의 한이 스러지네

〈금루곡〉 가락에 술잔을 기울이세.

한스러운 옛 시절을 이제 와 슬퍼하니

외로운 방에서 찌푸리며 잠들었었지.

노래가 끝나자 여인이 서글프게 말했다.

"지난번 봉도*에서 만나기로 했던 약속은 어겼지만, 오늘 소상

---

* 피리를 불어 봄이 돌아왔으니   제나라 사람 추연은 피리를 불어 추운 지방의 날씨
를 따뜻하게 만들었다고 한다.
* 봉도   봉래산. 당나라 현종과 양귀비가 이곳에서 만나기로 했었다는 고사가 있다.

강*에서 옛 낭군을 만나게 되었습니다. 어찌 하늘이 내린 행운이 아니겠습니까? 낭군께서 저를 멀리하지 않으신다면 끝까지 시중을 들겠습니다. 그러나 제 소원을 들어주지 않으신다면 영원히 자취를 감추겠습니다."

이 말을 들은 양생은 한편 놀라고 한편 고맙게 생각하며 대답했다.

"어찌 당신의 말에 따르지 않겠소?"

그러면서도 여인의 태도가 범상치 않았으므로 유심히 행동을 살펴보았다.

이때 달이 서산에 걸렸다. 먼 마을에서 닭이 울고 절의 종소리가 들려왔다. 먼동이 트려 하자 여인이 말했다.

"얘야, 술자리를 거두어 집으로 돌아가거라."

시녀는 대답을 하자마자 없어졌는데, 간 곳을 알 수 없었다. 여인이 말했다.

"인연이 이미 정해졌으니 낭군을 모시고 집으로 돌아가려 합니다."

양생이 여인의 손을 잡고 마을을 지나갔다. 개가 울타리에서 짖

---

* 소상강　소수와 상강을 함께 일컫는 말. 순임금이 남쪽 지방을 돌아보다 죽자, 그의 두 아내 아황과 여영이 이곳에 찾아와 울다가 상강에 몸을 던져 죽었다는 이야기가 있다. 아내들의 피눈물이 묻은 소상강 유역의 대나무에는 얼룩이 아롱져 있다고 한다.

고 사람들이 길에 다녔다. 그러나 길 가던 이들은 그가 여인과 함께 가는 것을 알지 못하고, 이렇게 물을 뿐이었다.

"양 총각, 이른 아침에 어딜 다녀오시오?"

양생이 대답했다.

"만복사에서 취해 누웠다가 친구가 사는 마을에서 묵고 오는 길입니다."

날이 밝아 오자 여인은 양생을 이끌고 깊은 숲을 헤치며 갔다. 이슬이 흠뻑 내려 갈 길이 보이지 않았다. 양생이 말했다.

"거처하는 곳이 어찌 이렇소?"

여인이 대답했다.

"혼자 사는 여자의 거처가 원래 이렇답니다."

그러더니《시경》에 나오는 옛 시 한 수를 외워 농을 걸었다.

> 이슬 촉촉이 젖은 길
> 어찌 이른 밤에 가지 않으랴마는
> 길에 이슬이 많기 때문이라네.

양생도 농 삼아 화답했다.

> 여우가 어슬렁어슬렁
> 저 기수 다릿목에 어정거리네.

노나라 오가는 길 평탄하니

제나라 아가씨 나는 듯 수레 달려가네.

둘이 읊고 한바탕 웃은 다음 함께 개령동으로 갔다. 한 곳에 이르자 다북쑥이 들을 덮고 가시나무가 하늘로 치솟은 가운데 집 한 채가 있었다. 작으면서도 아주 아름다웠다.

그는 여인이 이끄는 대로 따라 들어갔다. 방 안에는 이부자리와 휘장이 잘 정돈되어 있었다. 올린 밥상도 어젯밤 만복사에 차려 온 것과 같았다. 양생은 그곳에서 사흘을 머물렀는데, 즐거움이 평상시와 같았다.

시녀는 고우면서도 교활하지 않았고, 그릇은 깨끗하면서도 무늬가 없었다. 인간 세계의 것이 아니라는 생각이 들었다. 그러나 여인의 은근한 정에 마음이 끌려, 다시는 그런 생각을 하지 않았다. 얼마 뒤 여인이 양생에게 말했다.

"이곳의 사흘은 인간 세계의 삼 년과 같습니다. 낭군은 이제 집으로 돌아가 생업을 돌보십시오."

드디어 이별 잔치를 베풀며 헤어지게 되니 양생이 서글프게 말했다.

"어찌 이별이 이다지도 빠르오?"

여인이 말했다.

"다시 만나 평생의 소원을 풀게 될 것입니다. 오늘 이 누추한 곳에 오시게 된 것도 반드시 오래된 인연이 있었기 때문입니다. 제 이웃 친척들을 만나 보시는 게 어떻겠습니까?"

양생이 좋다고 하자 여인은 곧 시녀를 시켜, 사방의 이웃에게 알리고 모이게 했다.

첫째는 정 씨이고 둘째는 오 씨이며 셋째는 김 씨이고 넷째는 류 씨였다. 모두 문벌이 높은 귀족 집 따님들로, 여인과 같은 마을에 사는 친척 처녀들이었다. 성품이 온화하고 멋과 운치가 보통이 아니었다. 총명하고 글 또한 많이 알아 시를 잘 지었다. 이들은 모두 칠언절구 네 수씩을 지어 떠나는 양생에게 전해 주었다.

정 씨는 태도에 멋을 갖춘 여인인데, 구름같이 쪽 찐 머리가 귀밑을 살짝 가리고 있었다. 정 씨가 탄식하며 시를 읊었다.

봄이라 꽃 피는 밤 달빛마저 고운데
길이 봄 시름에 잠겨 세월 가는 것도 몰랐네.
한스럽다, 이 몸이 비익조比翼鳥*처럼
푸른 하늘에서 쌍쌍이 춤추고 놀지 못하다니.

무덤 속 등불엔 불꽃도 없으니 밤이 얼마나 깊은지

* 비익조 암수 모두 눈과 날개가 하나밖에 없어서 나란히 붙어야만 비로소 날 수 있다는 상상의 새

북두칠성 가로로 비끼고 달도 반쯤 기울었네.

서글프다, 무덤을 그 누가 찾아오랴

푸른 적삼 구겨지고 쪽 찐 머리도 헝클어졌네.

매화 지니 정다운 약속도 속절없네

봄바람 건듯 부니 모든 일이 지나갔네.

베갯머리 눈물 자국 몇 군데나 젖었던가

산비도 무심하구나 뜰 한가득 배꽃이 떨어졌네.

꽃다운 청춘을 하염없이 지내려니

적막한 이 빈산에서 잠 못 이룬 지 몇 밤이던가.

남교에 지나는 나그네가 임인 줄 몰랐으니

어느 해나 배항처럼 운교 부인[*]을 만나려나.

　오 씨는 두 갈래로 땋은 머리에 몸매가 가냘팠다. 마음속에서 이는 생각을 걷잡지 못해 뒤이어 읊었다.

　만복사에 향 올리고 돌아오던 길이던가

---

* 　운교 부인　당나라 사람 배항에게 '남교에 가면 신선이 사는 굴이 있다'고 알려 준 여인. 그 말을 듣고 남교로 간 배항은 선녀 운영을 만나 결혼했다.

가만히 저포를 던지니 그 소원을 누가 맺어 주었나.

꽃 피는 봄 가을 달밤 그지없는 이 원한을

술동이 열어 한 잔 술로 녹여 없애세.

복사꽃 붉은 뺨에 새벽이슬이 젖건마는

깊은 골짜기라 한봄 되어도 나비조차 아니 오네.

기뻐라, 이웃집에서 백년가약 맺었다고

새 곡조를 다시 부르며 황금 술잔이 오가네.

해마다 오는 제비는 봄바람에 춤을 추건만

내 마음은 애가 끊겨 모든 일이 헛되어라.

부럽구나, 저 연꽃은 꼭지나마 나란해서

밤 깊어지면 한 연못에서 함께 목욕하는구나.

푸른 산속에 다락 하나 높이 솟고

연리지連理枝[*]에 열린 꽃은 해마다 붉건마는

한스러워라, 우리 인생은 저 나무만도 못해

박명한 이 청춘에 눈물만 고였구나.

---

[*] 연리지 뿌리가 다른 두 나무의 가지가 서로 이어져 한 나무처럼 자라는 현상. 부부
나 남녀 간의 사랑을 뜻한다.

김 씨가 얼굴빛을 가다듬고 얌전한 태도로 붓을 잡더니, 앞에 읊은 시들이 너무 음탕하다고 꾸짖으면서 말했다.

"오늘 모임에서는 말을 많이 할 필요가 없습니다. 이 자리의 광경만 읊으면 되지요. 어찌 속마음을 풀어내 우리의 절개와 지조를 잃고, 저 손님이 우리 마음을 인간 세계에 전하도록 하겠습니까?"

그러고는 낭랑하게 시를 읊었다.

밤 깊어 오경 되니 접동새가 슬피 울고

희미한 은하수는 동쪽으로 기울었네.

애끊는 옥퉁소를 다시는 불지 마오

한가한 이 풍정을 속인이 알까 걱정스럽네.

오정주를 가득히 금 술잔에 부으리니

취하도록 잡수시고 술이 많다 사양 마오.

날이 밝아 저 동풍이 사납게 불어오면

한 토막 봄날의 꿈을 내 어이하리오.

초록빛 소맷자락 부드럽게 드리우고

음악 소리 들으면서 백 잔 술을 드소서.

맑은 흥취 다하기 전에 돌아가지 못하시리니

다시금 새 말로 새 노래를 지으소서.

구름같이 고운 머리 티끌 된 지 몇 해던가

오늘에야 임을 만나 얼굴 한번 펴 보았네.

고당의 신기한 꿈*을 자랑하지 마소서.

멋스러운 그 이야기 인간에게 전해질까 두려워라.

류 씨는 엷게 화장하고 흰옷을 입어 아주 화려하지는 않았지만 법도가 있어 보였다. 말없이 가만있다가 자기 차례가 되자 빙그레 웃으며 시를 지어 읊었다.

금석같이 굳세게 정절을 지켜 온 지 몇 해던가.

향기로운 넋과 옥 같은 얼굴이 구천에 깊이 묻혔네.

그윽한 봄밤이면 항아*를 벗 삼아

계수나무 꽃그늘에서 외로운 잠을 즐겼다오.

우습구나, 복사꽃과 오얏꽃은 봄바람에 못 이겨

이리저리 나부끼다 남의 집에 떨어지네.

* 고당의 신기한 꿈   초나라 양왕이 고당이라는 누대에 놀러 갔다가 낮잠을 자는데 꿈속에 무산巫山의 선녀가 나타나 정을 통했다. 선녀가 떠나면서 자기는 아침에 구름이 되었다가 저녁에는 비가 되어 양대산 아래에 있다고 했다. 왕이 아침에 보니 과연 구름이 떠 있었다. 이 뒤부터 남녀가 육체적으로 관계하는 것을 운우雲雨라고 표현했다.
* 항아   달나라 선녀의 이름

한평생 쇠파리 더러운 점이

곤산옥* 같은 정절을 흠집 내지 않도록 하소.

연지도 분도 게을리하고 머리는 다북쑥 같아

경대에는 먼지 쌓이고 거울에는 녹이 슬었네.

오늘 아침 다행히도 이웃 잔치에 끼었으니

머리에 꽂은 붉은 꽃이 보기만 해도 부끄러워라.

아가씨가 이제야 아름다운 낭군을 만났으니

하늘이 정하신 인연 일생토록 꽃다우리.

월로가 이미 금슬의 줄을 전했으니*

이제부터 두 분이 양홍 맹광* 처럼 지내소서.

여인은 류 씨가 읊은 시의 마지막 장을 듣고 감사해서 앞으로
나와 말했다.

* 곤산옥   전설의 산 곤륜에서 나는 아름다운 옥. 불에 녹지 않고 색깔도 변하지 않는
   다고 한다.
* 월로가 이미 금슬의 줄을 전했으니   월로는 붉은 줄을 발에 묶어 부부의 인연을 맺
   어 준다는 월하노인月下老人의 준말이고, 금슬琴瑟은 악기 가운데 가장 잘 어울린다
   는 거문고와 비파를 뜻한다.
* 양홍 맹광   벼슬을 하지 않고 숨어 살았던 한나라 선비 양홍과 아내 맹광. 서로 존중
   하며 금슬 좋았던 부부로 꼽힌다.

"저 또한 글자의 점과 획은 대강 분별합니다. 어찌 혼자만 시를 짓지 않겠습니까?"

그러고는 칠언율시 한 편을 지어 읊었다.

개령동 골짜기서 봄 시름을 안고
꽃 지고 필 때마다 온갖 근심을 느꼈네.
무산 구름 속에서 고운 임을 여의고는
소상강 대숲에서 눈물을 뿌렸네.
따뜻한 날 맑은 강에 원앙은 짝을 찾고
푸른 하늘 구름 걷히자 비취새가 노니누나.
임이여, 동심결同心結*을 우리도 맺읍시다.
가을날 버림받은 부채처럼 원망하지 말게 하오.

양생도 문장에 능한 사람이라 그들의 시법이 맑고도 운치가 높으며 음운이 청아하게 울리는 것을 보고 칭찬해 마지않았다. 곧 그 자리에서 예스러운 장단편 시 한 장을 지어 화답했다.

이 밤이 어인 밤이기에
이처럼 고운 선녀를 만났던가.

* 동심결　부부 사이에 마음이 변하지 않기를 맹세하며 짓는 매듭

꽃 같은 얼굴은 어찌 그리 고운지

붉은 입술은 앵두 같아라.

시마저 더욱 교묘하니

이안[*]도 마땅히 입을 다물리라.

직녀 아씨가 북 던지고 인간 세계로 내려왔는가

항아가 약 방아 버리고 달나라를 떠났는가.

바다거북 껍질로 꾸민 단장이 자리를 빛내니

오가는 술잔 속에 잔치가 즐거워라.

운우의 즐거움이 익숙진 않아도

술 따르고 노래 부르며 서로들 즐기네.

봉래섬을 잘못 찾아든 게 도리어 기뻐라

신선 세계가 여기던가, 풍류도를 만났구나.

옥잔의 맑은 술은 향기로운 술통에 가득하고

서뇌[*]의 고운 향취가 금사자 향로에 서려 있네.

* 이안 송나라 시인 이청조李淸照의 호. 독특하고 새로운 단어로 시를 지었던 당대 최고의 여성 문인이다.
* 서뇌 용뇌향. 용뇌수라는 식물의 줄기에서 나오는 덩어리로, 꽃향기가 나며 약재로도 쓰인다.

백옥으로 만든 상 앞에 매운 향내 흩날리고

푸른 비단 장막에는 실바람이 살랑이는데,

임을 만나 술잔을 합하며 잔치를 베푸니

하늘에 오색구름 더욱 찬란해라.

그대는 알지 못하는가, 문소와 채란이 만난 이야기와

장석과 난향이 만난 이야기를,[*]

인생이 서로 만나는 것도 반드시 인연이니

모름지기 잔을 들어 실컷 취해 보세나.

임이여 어찌 가벼이 말씀하오,

가을바람에 부채 버린다는 서운한 말을.

이승에서도 저승에서도 배필이 되어

꽃 피고 달 밝은 아래 끊임없이 노니려오.

술이 다해 헤어지게 되자 여인이 은그릇 하나를 꺼내 양생에게 주며 말했다.

"내일 저희 부모님께서 저를 위해 보련사에서 음식을 베풀 것

---

[*] 문소와 채란, 장석과 난향 당나라 소설 《전기》에 나오는 진나라 서생 문소는 선녀 오채란과 부부의 인연을 맺었다. 육조 시대 소설집 《수신기》에는 선녀 두난향이 신선 장석과 혼인했다는 이야기가 있다.

입니다. 당신이 저를 버리지 않으시겠다면, 보련사로 가는 길에서 기다리고 있다가 저와 함께 절로 가서 부모님을 뵙는 것이 어떻겠습니까?"

양생이 대답했다.

"그러겠소."

이튿날 양생은 여인의 말대로 은그릇 하나를 들고 보련사로 가는 길가에서 기다리고 있었다. 정말 어떤 귀족 집안에서 딸의 대상大祥*을 치르기 위해 수레와 말을 길에 늘어세우고 보련사로 올라갔다. 길가에 은그릇을 들고 서 있는 양생을 본 하인이 주인에게 말했다.

"아가씨 장례 때 무덤 속에 묻은 그릇을 어떤 사람이 훔쳐 가지고 있습니다."

주인이 말했다.

"그게 무슨 말이냐?"

하인이 말했다.

"저 서생이 가지고 있는 은그릇을 보고 드린 말씀입니다."

주인이 마침내 말을 멈추고 양생에게 은그릇을 얻게 된 사연을 물었다. 양생이 전날 여인과 약속한 그대로 대답했더니, 여인의 부모가 놀라며 의아하게 여기다가 한참 뒤에 말했다.

---

*　대상　사람이 죽은 지 2년 만에 지내는 제사

"내 슬하에 오직 딸 하나만 있었는데, 왜구의 난을 만나 싸움판에서 죽었다네. 미처 장례도 치르지 못하고 개령사 곁에 임시로 묻어 두었지. 이래저래 미루어 오다가 오늘까지 이르게 되었네. 오늘이 벌써 대상 날이라 재齋나 올려 명복을 빌어 주려 하네. 자네가 정말 그 약속대로 하려거든, 내 딸을 기다리고 있다가 같이 오게. 놀라지는 말게나."

말을 마치고 부모는 먼저 떠났다. 양생은 우두커니 서서 여인이 오기를 기다렸다. 약속했던 시간이 되자 과연 한 여인이 계집종을 데리고 허리를 간들거리며 오는데, 바로 그 여인이었다. 둘이 서로 기뻐하며 손을 잡고 절로 향했다.

절 문에 들어서자 여인은 먼저 부처께 예를 드리고 흰 휘장 안으로 들어갔다. 여인의 친척과 절의 스님들은 모두 양생이 전하는 말을 믿지 못했다. 여인은 오직 양생에게만 보였다.

여인이 양생에게 말했다.

"함께 저녁이나 드시지요."

양생은 여인의 부모에게 그 말을 알렸다. 여인의 부모가 시험해 보려고 같이 밥을 먹게 했다. 여인의 얼굴은 보이지 않으면서 수저 놀리는 소리만 들리는데, 인간이 식사하는 것과 한가지였다. 그제야 여인의 부모가 놀라 탄식하며 양생에게 휘장 옆에서 같이 잠자기를 권했다. 한밤중에 말소리가 낭랑하게 들렸다. 사람들이 가만히 엿들으려 하자 갑자기 끊어졌다.

여인이 양생에게 말했다.

"제가 법도를 어겼다는 것은 잘 알고 있습니다. 저도 어렸을 때 《시경》과 《서경》을 읽어 예의를 조금이나마 알지요. 《시경》에서 말한 〈건상〉이 얼마나 부끄럽고 〈상서〉가 얼마나 얼굴 붉힐 만한 시*인지 모르지 않습니다. 그러나 다북쑥 우거진 들판에 하도 오래 버려져서인지 사랑하는 마음이 한번 일어나니 끝내 걷잡을 수 없었습니다. 지난번 절에 가서 복을 빌고 부처님 앞에서 향불을 살랐지요. 박명했던 일생을 혼자서 탄식하다 뜻밖에도 삼세三世*의 인연을 만났습니다. 소박한 아내가 되어 백 년의 높은 절개를 바치고, 술을 빚고 옷을 기워 평생 지어미의 길을 닦으려 했습니다. 다만 애달프게도 전생에 주어진 운명을 피할 수 없어 저승길로 떠나야 합니다. 즐거움을 미처 다하지도 못했는데 슬픈 이별이 닥쳐왔습니다. 이제는 제가 떠날 시간입니다. 구름과 비가 양대*에서 걷히고 까마귀와 까치가 은하수에 흩어질 것입니다. 한번 헤어지면 뒷날을 기약하기 어렵습니다. 이별하려 하니 아득하기만 해서 무어라 말해야 할지 모르겠습니다."

사람들이 예를 갖추어 여인의 영혼을 떠나보내자 울음소리가 그치지 않았다. 혼이 문밖을 나가니 소리만 은은하게 들려왔다.

---

* 〈건상〉, 〈상서〉 음탕한 여인이 남자를 유혹하는 시, 무례한 사람을 풍자한 시
* 삼세 불교에서 말하는 세 가지 세상. 전세前世, 현세現世, 내세來世를 가리킨다.
* 양대 무산의 선녀가 저녁에 머무는 양대산

저승길도 기한 있으니

슬프지만 이별이라오.

우리 임께 비오니

저버리진 마옵소서.

애달프다 우리 부모

내 배필을 못 맺었네.

아득한 저승에서

마음에 한 맺히겠네.

남은 소리가 차츰 가늘어지더니 목메어 우는 소리와 분별할 수 없게 되었다.

여인의 부모는 이제야 그동안 있었던 일이 사실임을 알고 더 이상 의심하지 않았다. 양생 또한 여인이 귀신임을 알고 더욱 슬퍼하며 여인의 부모와 함께 머리를 맞대고 울었다.

여인의 부모가 양생에게 말했다.

"은그릇은 자네에게 맡길 테니 쓰고 싶은 대로 쓰게. 또 내 딸 몫으로 밭 몇 마지기와 노비 몇 사람이 있으니, 자네는 이것을 신표*로 삼아 내 딸을 잊지 말게나."

* 신표 훗날 증거로 삼기 위해 서로 주고받는 물건

이튿날 양생은 고기와 술을 마련해 개령동 옛 자취를 찾아갔다. 과연 시체를 임시로 묻어 둔 곳이 있었다. 양생이 제물을 차려 놓고 슬피 울었다. 그 앞에서 종이돈*을 불사르고 정식으로 장례를 치러 준 뒤 제문을 지어 위로했다.

아아, 영이시여. 당신은 어릴 때부터 타고난 성품이 온순했고 티 없이 맑게 자랐소. 자태는 월나라 미인 서시西施 같았고, 문장은 송나라 시인 숙진淑眞보다 나았소. 부녀자가 머무는 곳 밖으로 나가지 않으면서 늘 가정의 가르침을 따라왔소. 난리 중에도 정조를 지켰지만 왜구를 만나 목숨을 잃었구려.

다북쑥 속에 몸을 내맡기고 홀로 지내며 꽃 피고 달 밝은 밤마다 얼마나 마음이 아팠겠소. 봄바람에 애간장 끊어지면 두견새의 피 울음소리가 슬프고, 가을 서리에 가슴 찢어지면 버림받은 비단부채를 보며 탄식했겠구려.

지난번에 하룻밤 당신을 만나 기쁨을 얻었으니, 저승과 이승이 서로 다름을 알면서도 물 만난 고기처럼 즐거움을 다했소. 장차 백 년을 함께 지내려 했건만, 하루 저녁에 슬피 헤어질 줄 어찌 알았겠소?

임이여. 그대는 달나라에서 난새를 타는 선녀가 되고, 무산에 비 내리는 아가씨가 되리니. 땅이 어두워 돌아오기도 어렵고, 하늘이 막

---

* 종이돈 저승에 가서 쓰라는 뜻으로 관에 넣거나 제사를 지낼 때 태우는 가짜 돈

막해 바라보기도 어렵구려. 나는 집에 가도 기가 막혀 말도 못하고, 밖에 나가도 아득해서 갈 곳이 없소. 영혼을 모신 휘장을 볼 때마다 흐느껴 울고, 술을 따를 때는 더욱 슬퍼진다오. 아리따운 그 모습이 눈에 보이는 듯, 낭랑한 그 목소리가 귀에 들리는 듯하오.

아아, 슬프구려. 그대의 성품은 총명했고 그대의 기상은 깨끗했소. 몸은 비록 흩어졌다지만 혼령이 어찌 없어지겠소? 마땅히 하늘에서 내려와 뜰에 오르시고, 내 곁에서 슬픔을 돌보소서. 비록 죽음과 삶이 다르다지만 이 글이 당신의 마음에 전해지리라 믿소.

장례를 치른 뒤에도 양생은 슬픔을 이기지 못했다. 밭과 집을 모두 팔아 사흘 저녁이나 잇따라 재를 올리니, 여인이 하늘에서 양생에게 말했다.

"저는 당신의 은혜를 입어 이미 다른 나라에서 남자의 몸으로 태어났습니다. 비록 저승과 이승이 멀리 떨어져 있지만, 은혜에 깊이 감사드립니다. 당신도 이제 다시 착한 업을 닦아 저와 함께 윤회輪廻*를 벗어나십시오."

양생은 그 후로 다시 장가들지 않았다. 지리산에 들어가 약초를 캤는데, 언제 죽었는지는 알지 못한다.

---

* 윤회　수레바퀴가 끝없이 도는 것과 같이, 사람이 이승에서의 번뇌와 업에 따라 죽었다가 다시 태어남을 반복하는 일

이생이
담 너머를
엿본 이야기

이생규장전

李生窺牆傳

송도 낙타교 옆에 이생이 살고 있었다. 나이는 열여덟으로 풍채와 용모가 맑고 재주가 뛰어났다. 일찍부터 성균관에 다녔는데, 길을 가면서도 시를 읽었다.

선죽리 귀족 집에는 최랑이 살고 있었다. 열대여섯쯤 되었는데 태도가 아리땁고 수를 잘 놓았으며, 시와 문장도 잘 지었다. 세상 사람들이 그들을 이렇게 칭찬했다.

멋스러워라 이 총각
아리따워라 최 처녀.
그 재주와 그 얼굴 듣기만 해도
주린 창자가 채워지네.

이생은 책을 옆에 끼고 성균관에 갈 때 언제나 최 씨네 집 북쪽 담 밖을 지났다. 담은 간들거리는 수양버들 수십 그루로 둘러싸여 있었다.

어느 날 이생이 그 나무 아래서 쉬다가 담 안을 엿보았다. 이름난 꽃들이 활짝 피어 있고 벌과 새들이 다투어 재잘거리고 있었다. 곁에 있는 작은 누각이 꽃떨기 사이로 은은히 보였다. 구슬발이 반쯤 가려 있고 비단 휘장이 낮게 드리워져 있었는데, 한 아리따운 아가씨가 수를 놓다 지쳐 바느질하던 손을 잠시 멈추고 턱을 괴며 시를 읊었다.

비단 바른 창에 홀로 기대앉아 수놓기도 귀찮구나.
온갖 꽃떨기 속에 꾀꼬리 소리 다정도 해라.
마음속으로 부질없이 봄바람을 원망하며
말없이 바늘 멈추고 임 생각을 하네.

저기 가는 저 총각은 어느 집 도련님일까.
푸른 옷깃 넓은 띠가 늘어진 버들 사이로 비쳐 오네.
이 몸이 죽어 대청 위의 제비 되면
구슬발 가볍게 스쳐 담장을 날아 넘으리.

이생은 여인이 읊는 시를 듣고 마음이 근질거려 참을 수가 없었다. 그러나 그 집 담이 까마득히 높고 안채가 깊숙한 곳에 있어 서

운한 마음으로 떠났다. 성균관에서 돌아오는 길에 흰 종이 한 장에
다 시 세 수를 써서 기왓장에 매달아 담 안으로 던졌다.

무산 열두 봉우리 첩첩이 싸인 안개 속에

반쯤 드러난 봉우리가 붉고도 푸르구나.

양왕[*]의 외로운 꿈을 수고롭게 하지 마오.

구름 되고 비가 되어 양대에서 만나 보세.

사마상여[*]가 탁문군을 꾀어내려니

마음속에 품은 생각 이미 다 이루었네.

붉은 담장 가에 있는 복사꽃과 오얏꽃

바람에 날려서 어디로 떨어지나.

좋은 인연 되려는지 나쁜 인연 되려는지

부질없는 이 내 시름 하루가 일 년 같아라.

스물여덟 자로 황혼의 기약을 맺었으니

남교에서 어느 날 선녀를 만나려나.

* 양왕　무산의 선녀와 사랑을 나누었다는 초나라 임금. 미인을 그리워하는 이생 자
신을 양왕에 빗댄 것이다.
* 사마상여　촉나라를 지나다 거문고 연주로 부잣집 딸 탁문군을 꾀어낸 문인

최랑이 몸종 향아를 시켜 그 편지를 가져다 보니, 바로 이생이 지은 시였다. 최랑은 시를 펼쳐 두세 번 읽고는 마음속으로 혼자 기뻐했다. 종이쪽지에 여덟 자를 써서 담 밖으로 던졌다.

임이여, 의심 마세요. 황혼에 만나기로 해요.

이생이 그 말대로 황혼이 되자 최랑의 집을 찾아갔다. 갑자기 복사꽃 가지 하나가 담장을 넘어 하늘거리는 그림자가 나타났다. 가까이 가서 살펴보니 그넷줄에 대바구니를 매어 아래로 늘어뜨려 놓았다. 이생은 그 줄을 잡고 담을 넘었다.

마침 달이 동산에 떠올라 꽃 그림자가 땅에 가득하니 맑은 향내가 사랑스러웠다. 이생은 자신이 신선 세계에 들어왔다고 생각했다. 기뻤지만, 자신의 마음이나 지금 하려는 일이 비밀스러워 머리칼이 모두 곤두섰다.

이생이 좌우를 둘러보니 최랑은 꽃떨기 속에서 향아와 같이 꽃을 꺾어 머리에 꽂고는 외진 곳에 자리를 펴고 앉아 있었다. 최랑이 이생을 보고 방긋 웃으며 시 두 구절을 먼저 읊었다.

복사나무와 오얏나무 가지 속에 꽃송이 탐스럽고
원앙새 베개 위엔 달빛도 고와라.

이생이 뒤를 이어 시를 읊었다.

　다음날 어쩌다가 봄소식 새 나간다면

　무정한 비바람에 더욱 가련해지리.

최랑이 얼굴빛을 바꾸고 말했다.

"저는 본디 당신과 부부가 되어 끝까지 남편으로 모시고 영원히 즐거움을 누리려 했습니다. 그런데 당신은 어찌 이렇게 말씀하시는지요? 저는 비록 여자의 몸이지만 마음이 태연한데, 장부의 기개를 가지고도 이런 말씀을 하십니까? 다음날 규중 일이 누설되어 친정의 꾸지람을 듣더라도 제가 혼자 책임을 지겠습니다. 향아야, 방 안에서 술과 안주를 가져오너라."

향아가 시키는 대로 가버리자, 사방이 고요해 아무런 인기척도 없었다. 이생이 최랑에게 물었다.

"이곳은 어디입니까?"

최랑이 말했다.

"뒷동산에 있는 작은 누각 아래입니다. 부모님께서는 제가 외동딸이라 여간 사랑하지 않으신답니다. 그래서 연못가에 이 누각을 따로 지어 주셨어요. 봄이 되어 이름난 꽃들이 활짝 피면 몸종 향아와 함께 즐겁게 놀라고 하신 거지요. 부모님이 계신 곳은 여기서 멀기 때문에 아무리 웃으며 크게 이야기해도 쉽게 들리지 않는

답니다.”

최랑이 술을 한 잔 따라 이생에게 권하면서 예스러운 시 한 편
을 읊었다.

부용 못 푸른 물을 난간에서 굽어보니

꽃떨기 속에서 임들이 속삭이네.

향기롭게 깔린 안개 봄빛이 화창해서

새 가사를 지어 〈백저사〉*를 부르네.

꽃그늘에 달빛 비쳐 털방석에 스며들고

긴 가지 함께 잡으니 붉은 꽃비가 떨어지네.

바람이 향내 끌어 옷 속에 파고들자

첫봄 맞은 아가씨가 햇살 아래 춤추네.

비단 적삼 가볍게 해당화를 스쳤다가

꽃 사이에 졸고 있던 앵무새*만 깨웠네.

이생도 바로 시를 지어 화답했다.

도원*에 잘못 드니 복사꽃이 만발한데

* 〈백저사〉 사랑 노래
* 앵무새 이생을 가리킨다.

들끓는 이 내 마음 다 말할 수가 없네.

구름같이 쪽 찐 머리에 금비녀 낮게 꽂고

산뜻한 봄 적삼을 모시로 지었구나.

꼭지 한데 붙은 꽃이 봄바람에 피었으니

저 많은 꽃가지에 비바람아 부지 마소.

선녀의 소맷자락 나부껴 그림자도 하늘거리고

계수나무 그늘 속에선 항아가 춤을 추네.

기쁨이 다하기 전 시름이 따를 테니

새로 지은 가사를 앵무새에게 가르치지 마오.

술자리가 끝나자 최랑이 이생에게 말했다.

"오늘 일은 반드시 작은 인연이 아니랍니다. 당신은 저를 따라 오셔서 정을 나누는 것이 좋겠어요."

말을 마치고 최랑이 북쪽 창문으로 들어가자 이생도 그 뒤를 따랐다. 그곳에는 누각에 오르는 사다리가 있었다. 사다리를 타고 올라갔더니 과연 다락이 나타났다. 문방구와 책상이 아주 가지런했으며, 한쪽 벽에는 안개 낀 강 위에 첩첩이 쌓인 산봉우리를 담은 〈연강첩장도〉와 고요한 대밭과 오래 묵은 나무를 그린 〈유황고목

---

* 도원 도연명의 산문에 나오는 이상향. 복사꽃이 만발한 최랑의 집 뒷동산을 낙원에 비유한 것이다.

도〉가 걸려 있었다. 모두 이름난 그림이었다. 그림 위에는 시가 쓰여 있었는데, 누가 지은 시인지는 알 수 없었다.

첫째 그림에 쓰인 시는 이러했다.

어떤 사람의 붓끝에 힘이 넘쳐

이 강 속에다 겹겹이 싸인 산을 그렸던가?

웅장해라, 삼만 길의 저 방호산*은

아득한 구름 사이로 반쯤만 드러났네.

저 멀리 산줄기는 몇백 리까지 뻗어 있는데

푸른 소라처럼 쪽 찐 산머리가 가까이 보이네.

끝없이 푸른 물결 공중에 닿았는데

저녁노을 바라보니 고향이 그리워라.

이 그림 구경하니 사람 마음 쓸쓸해져

소상강 비바람에 배 띄운 듯해라.

둘째 그림에 쓰인 시는 이러했다.

쓸쓸한 대숲에선 가을 소리 들리는 듯

비스듬히 누운 고목은 옛정을 품은 듯.

---

* 방호산 신선이 산다는 산

구부러진 늙은 뿌리엔 이끼가 가득 끼었고

굵고 곧은 가지는 바람과 천둥을 이겨 왔네.

가슴속에 간직한 조화가 끝이 없으니

미묘한 이 경지를 누구에게 말할 텐가.

위언과 여가*도 이미 귀신이 되었으니

천기를 누설할 자가 그 몇이나 되려나.

갠 창가 그윽한 곳에서 말없이 바라보니

신묘한 붓 솜씨에 삼매경에 드노라.

한쪽 벽에는 사계절 경치를 읊은 시를 각각 네 수씩 붙였는데, 역시 누가 지었는지 알 수 없었다. 그 글씨는 송설*의 서체를 본받아 아주 곱고도 단정했다.

그 첫째 폭에 쓰인 시는 이러했다.

연꽃 휘장은 따뜻하고 향 연기는 실 같은데

창밖에는 붉은 살구꽃 비 부슬부슬 내리네.

누각 머리에서 새벽 종소리에 남은 꿈을 깨고 보니

* 위언과 여가 위언은 당나라 화가, 여가는 송나라 화가 문동의 자字다. 둘 다 대나무를 잘 그렸다.
* 송설 원나라 서화가 조맹부의 호. 고려 말 조선 초에 송설체를 본받아 글씨를 배운 선비가 많았다.

개나리 무성한 둑에 때까치가 우짖네.

제비 날고 해 길어지는데 안방 깊숙이 들어앉아

나른해 말도 없이 금 바늘을 멈추었네.

꽃 아래로 쌍쌍이 나비들 짝지어 날며

그늘진 동산으로 지는 꽃을 따라가네.

꽃샘추위가 초록 치마를 스쳐 가면

무정한 봄바람에 이 내 간장 끊어지네.

말 없는 이 심정을 그 누가 헤아릴까

만발한 온갖 꽃 속 원앙새가 춤추는구나.

봄빛이 황사양의 집*에 깊이 들어

붉은 꽃잎 푸른 나뭇잎 비단 창에 비치네.

뜰 안 가득 꽃과 풀들 봄 시름에 겨워

구슬발 살며시 걷고 지는 꽃을 바라보네.

그 둘째 폭에 쓰인 시는 이러했다.

---

* 황사양의 집   두보가 지은 시에 "황사양의 집에는 꽃이 가득해, 천 떨기 만 떨기가
가지를 무겁게 누르고 있네"라는 구절이 있다.

밀 이삭 갓 나오고 제비 새끼 날아드는데

남쪽 동산엔 석류꽃이 두루 피었구나.

푸른 창가의 아가씨는 가위 소리를 내며

붉은 치마 만들려고 자줏빛 비단 자르네.

매실이 익는 철에 부슬부슬 비 내리는데

홰나무 그늘에 꾀꼬리 울고 제비는 구슬발로 날아드네.

또 한 해 봄 풍경이 시들어 가니

멀구슬나무 꽃* 떨어지고 죽순이 삐죽 솟았네.

푸른 살구 손에 집어 꾀꼬리에게 던져 보네.

남쪽 난간에 바람 일고 해그림자 더디구나.

연잎 향내 가시고 연못 물 가득한데

푸른 물결 깊은 곳에서 원앙새 목욕하네.

등나무 평상 대자리에 무늬가 물결치고

소상강 그린 병풍엔 구름이 한 자락 있네.

한껏 게을러 낮 꿈을 깨지 못하는데

창문에 비낀 햇살이 서쪽 하늘을 물들이네.

* 멀구슬나무 꽃 4~5월에 핀다. 꽃들이 지면 여름이 된다.

그 셋째 폭에 쓰인 시는 이러했다.

가을바람 쌀쌀하니 찬 이슬이 맺히고

가을 달빛 고우니 물빛 더욱 푸르구나.

한 소리 또 한 소리 기러기 울며 돌아가는데

우물에 오동잎 지는 소리 또다시 듣네.

침상 밑 온갖 벌레 처량히 울고

침상 위 아가씨 구슬 눈물 떨구네.

낭군이 만 리 밖 싸움터에 계시니

오늘 밤 옥문관*에도 달빛이 환하겠지.

새 옷을 지으려니 가위가 차가워라.

나직이 아이 불러 다리미 가져오라네.

다리미 불 꺼진 것도 모르고

아쟁을 뜯다가 머리를 긁적이네.

작은 못에 연꽃 지고 파초 잎도 누레지자

---

* 옥문관 중국 서쪽 국경에 있던 관문. 군사들이 외국을 정벌하러 갈 때 이곳을 지
났다.

원앙 무늬 기와 위에 첫서리가 내렸네.

묵은 시름 새 원한을 막을 길이 없는데

귀뚜라미 울음까지 골방에 들리네.

그 넷째 폭에 쓰인 시는 이러했다.

매화 가지 그림자 하나 창 앞으로 뻗고

바람 센 서쪽 행랑에 달빛 더욱 밝아라.

화롯불 꺼졌는지 부젓가락으로 헤쳐 보고

아이를 불러다 찻주전자 바꾸라네.

수풀 잎사귀는 한밤 서리에 자주 놀라고

회오리바람이 눈을 몰아 긴 마루로 들여보내네.

임 그리워 밤새도록 꿈속에 뒤척이니

그 옛날 전쟁터 빙하에 계시네.

창에 가득 붉은 햇살 봄날처럼 따뜻한데

시름 잠긴 눈썹 위에 졸음까지 더하네.

병에 꽂힌 작은 매화 필 듯 말 듯한데

수줍어서 말 못하고 원앙만 수놓는구나.

쌀쌀한 서릿바람 북쪽 숲을 스치고

처량한 까마귀가 달 보며 우는구나.

등불 앞에 임 생각 눈물 되어 흐르니

꿰맨 곳에 떨어져 바늘 잠시 멈추네.

한쪽에는 작은 방 하나가 따로 있었다. 휘장과 이부자리가 아주 깨끗했다. 휘장 밖에는 사향을 태우고 난초 향 기름을 넣은 등불을 켜 놓았는데, 환하게 밝아서 마치 대낮 같았다. 이생은 최랑과 함께 마음껏 즐거움을 누리며 여러 날 머물렀다.

어느 날 이생이 최랑에게 말했다.

"옛 성인의 말씀에 '어버이가 계시면 나가 놀더라도 반드시 일정한 곳에 있어야 한다'고 했는데, 이제 제가 부모님을 떠난 지 사흘이나 되었습니다. 부모님께서 반드시 대문에 기대어 기다리실 테니, 이 어찌 아들의 도리라고 하겠습니까?"

최랑은 서운하게 여기면서도 고개를 끄덕이고 담을 넘어가게 해 주었다.

그 뒤로 이생은 저녁마다 최랑을 찾아가지 않는 날이 없었다. 어느 날 저녁, 이생의 아버지가 이생을 꾸짖으며 말했다.

"네가 아침에 나갔다가 저녁에 돌아오는 것은 옛 성인의 어질고 의로운 가르침을 배우기 위해서다. 그런데 요즘은 저녁에 나갔다가 새벽에 돌아오니, 이게 어찌 된 일이냐? 분명 경박한 놈들의 행실을 배워 남의 집 담을 넘어가서 아가씨나 엿보고 다닐 게다. 이런 일이 탄로 나면 남들은 모두 내가 자식을 엄하게 가르치지 못했다고 책망할 터. 그 처녀도 지체 높은 가문의 딸이라면 틀림없이 네 미친 짓 때문에 집안을 더럽히게 되리라. 남의 집에 죄를 지었으니, 이 일이 작지 않다. 너는 빨리 영남으로 내려가 종들을 데리고 농사나 감독하라. 다시는 돌아오지 마라."

그 이튿날 이생의 아버지가 이생을 울주로 내려보냈다.

최랑은 저녁마다 화원에서 이생을 기다렸지만, 여러 달이 지나도 돌아오지 않았다. 이생이 병에 걸렸다고 생각한 최랑은 향아를 시켜 이생의 이웃들에게 몰래 물어보게 했다. 이웃들이 이렇게 대답했다.

"이 도령은 아버지께 죄를 지어 영남으로 떠난 지 벌써 몇 달이나 되었다오."

최랑이 이 소식을 듣고 병을 얻어 침상에 누웠다. 엎치락뒤치락하며 일어나지 못하고, 음식도 먹지 못했다. 말은 앞뒤가 맞지 않았으며 얼굴이 초췌해졌다.

최랑의 부모가 이상하게 여겨 병의 증상을 물었으나 아무런 말도 하지 않았다. 딸의 상자 속을 들추어 보았더니, 지난날 이생과 주고받은 시들이 있었다. 부모는 그제야 놀라서 무릎을 치며 말했다.

"아이고, 우리 딸을 잃어버릴 뻔했구려."

그러고는 딸에게 물었다.

"이생이 누구냐?"

이렇게 되자 최랑도 더 이상 숨길 수 없었다. 목구멍에서 겨우 나오는 소리로 부모께 아뢰었다.

"아버지와 어머니께서 길러 주신 은혜가 깊으니 어찌 사실을 숨기겠습니까? 제가 혼자 생각해 보건대, 남녀가 서로 사랑을 느끼는 것은 인정 가운데서도 가장 중요합니다. 그러므로 《시경》 〈주남〉 편에 '결혼하기 좋은 시기를 놓치지 마라'는 말이 있고, 《주역》에서도 '여자가 정조를 지키지 못하면 흉하다'고 경계했습니다. 저는 버들처럼 가냘픈 몸으로 얼굴빛이 시들 것을 생각지 않고 절개를 지키지 못해 주위 사람들에게 비웃음을 받게 되었습니다. 새삼 덩굴이 다른 나무에 의지해 살듯 벌써 위당의 처녀* 노릇을 했으니, 죄가 이미 가득 차 집안에까지 누를 끼치게 되었습니다. 그러나 저 얼굴만 아름다운 도련님과 한 번 정을 통한 뒤부터는 교생에 대한 원망*이 천만 번 생겼습니다. 연약한 몸으로 괴로움을 참으며 홀로 살아가려니, 그리운 정은 나날이 깊어 가고 아픈

---

* 위당의 처녀   원나라의 왕생은 위당에 갔다가 그곳에 살던 처녀와 눈이 맞아 부부가 되었다고 한다.
* 교생에 대한 원망   이생을 원나라의 교생에 빗댄 것이다. 교생은 여경이라는 미인을 만나 인연을 맺었는데, 여인이 귀신이라는 것을 알고 관계를 끊었다. 여경은 이를 원망해 교생의 손을 잡고 관으로 들어가버렸다.

상처는 나날이 더해 가서 죽을 지경에 이르렀습니다. 이제는 원한 맺힌 귀신으로 변해버릴 듯합니다. 부모님께서 제 소원을 들어주신다면 남은 목숨을 보존하게 되고, 이 간절한 청을 거절하신다면 죽음만이 있을 뿐입니다. 저승에서 이생을 다시 만나 노닐지언정, 맹세코 다른 가문에는 오르지 않겠습니다."

부모도 최랑의 뜻을 알았으므로 다시는 병의 증세를 묻지 않았다. 타이르고 달래면서 딸의 마음을 누그러뜨려 주었다. 그러고는 예를 갖추어 중매쟁이를 이생의 집으로 보냈다.

이생의 아버지는 최 씨 집안이 얼마나 번성한지 물은 뒤 말했다.

"우리 집 아이가 비록 어린 나이에 바람이 났지만, 학문에 정통하고 사람답게 생겼습니다. 앞으로 장원 급제를 해서 훗날 이름을 세상에 떨칠 것이니, 서둘러 혼처를 정하고 싶지 않습니다."

중매쟁이가 돌아와 그대로 아뢰자, 최 씨가 다시 중매쟁이를 이 씨 집으로 보내 말하게 했다.

"한 시대의 벗들이 모두 그 댁 아드님의 재주가 남달리 뛰어나다고 칭찬합니다. 아직은 똬리를 틀고 있지만, 어찌 끝까지 연못 속에 잠겨만 있겠습니까? 어서 혼삿날을 정해 두 집안의 즐거움을 이루는 것이 좋겠습니다."

중매쟁이가 다시 가서 그 말을 전하니 이생의 아버지가 말했다.

"저도 젊었을 때부터 책을 잡고 학문을 닦았지만, 나이 늙도록 성공하지 못했습니다. 종들도 흩어지고 친척의 도움도 적어 생업이 신통치 않고 살림이 궁색합니다. 문벌 좋고 번성한 집안에서 어찌 한갓 가난한 선비를 사위로 삼으려 하십니까? 이는 반드시 일 만들기 좋아하는 사람들이 우리 집안을 지나치게 칭찬해서 귀댁을 속이려는 것입니다."

중매쟁이가 돌아와서 최 씨 집안에 전하자, 최 씨 집안에서는 이렇게 말했다.

"예물 보내는 절차와 옷차림은 모두 저희 집에서 준비하겠습니다. 좋은 날을 가려서 화촉 밝히는 시기만 정해 주시면 좋겠습니다."

중매쟁이가 또 돌아가서 이 말을 전했다.

이 씨 집안에서도 이렇게까지 되자 뜻을 돌렸다. 곧 사람을 보내 이생을 불러서 그의 생각을 물었다. 이생은 기쁨을 이기지 못해 시 한 수를 지었다.

깨진 거울[*] 다시 둥글게 되니 만남도 때가 있어

은하수의 까막까치가 아름다운 기약 도와주었네.

이제야 월하노인이 붉은 실 잡아매었으니

봄바람이 불더라도 접동새를 원망 마오.

* 깨진 거울 파경破鏡. 부부의 이별을 의미한다.

최랑이 이를 듣고 병이 차츰 나아져 시를 지었다.

나쁜 인연이 바로 좋은 인연이었는지
그 옛날 맹세가 마침내 이루어졌네.
어느 때나 임과 함께 작은 수레* 끌고 갈까
아이야, 나를 일으켜 다오. 꽃비녀 손질하련다.

이에 좋은 날을 가려 마침내 혼례를 올렸다. 끊어졌던 사랑이
다시 이어지게 되었다. 그들은 부부가 된 뒤 서로 사랑하면서도 공
경해 마치 손님처럼 대했다. 비록 양홍과 맹광, 포선과 환소군이라
도 그들의 절개와 의리를 따를 수 없었다. 이생은 이듬해 문과에
급제해 높은 벼슬에 올랐다. 그의 이름이 조정에 알려졌다.

신축년에 홍건적*이 서울을 점거하자 임금은 복주로 피난 갔다.
적들은 집을 불태워 없애버렸으며 사람을 죽이고 가축을 잡아먹
었다. 부부와 친척끼리도 서로 보호하지 못하고 동서로 달아나 숨
어서 제각기 살길을 찾았다.

---

* 작은 수레 혼인을 뜻한다. 전한 시대에 환소군이라는 여인이 가난한 선비 포선과
  혼인한 뒤 남편과 함께 사슴 한 마리가 들어갈 정도의 작은 수레(녹거鹿車)를 끌며
  시가로 갔다는 이야기가 있다.
* 홍건적 원나라 말에 일어난 농민 반란군. 진압되는 과정에서 10만여 명이 고려를
  침략했고, 때는 공민왕 10년(1361년)이었다.

이생은 가족을 데리고 외진 산골로 숨었는데, 한 도적이 칼을 빼 들고 뒤를 쫓아왔다. 이생은 달아나 목숨을 건졌지만 최랑은 도적에게 사로잡혔다. 도적이 최랑의 정조를 빼앗으려 하자, 최랑이 크게 꾸짖었다.

"창귀* 같은 놈아! 나를 죽여 먹어라. 내 차라리 죽어서 승냥이 밥이 될지언정 어찌 개돼지 같은 놈의 짝이 되겠느냐?"

도적이 분노해 최랑을 죽이고 살을 도려냈다.

이생은 거친 들판에 숨어 겨우 목숨을 보전하다가, 도적이 다 사라졌다는 소식을 듣고 부모님 사시던 옛집을 찾아갔다. 그러나 집은 이미 불타고 없었다. 최랑의 집에도 가 보니 행랑채는 황량했으며 쥐와 새들의 울음소리만 들렸다.

이생은 슬픔을 이기지 못하고 작은 누각으로 올라가 눈물을 닦으며 길게 한숨을 쉬었다. 날이 저물도록 우두커니 홀로 앉아 지나간 일들을 생각했다. 한바탕 꿈만 같았다.

이경*쯤 되자 희미한 달빛이 들보를 비추는데 행랑에서 발소리가 났다. 멀리서부터 들려오다가 차츰 가까워졌다. 이르고 보니 바로 최랑이었다.

이생은 최랑이 이미 죽은 것을 알고 있었지만, 너무도 사랑하는

---

* 창귀 호랑이에게 물려 죽은 사람의 혼. 호랑이 옆에 붙어 심부름꾼 노릇을 한다.
* 이경 밤 9시~11시

마음에 의심하지도 않고 물어보았다.

"당신은 어디로 피난 가서 목숨을 건졌습니까?"

최랑이 이생의 손을 잡고 한바탕 통곡하고는 이내 사정을 이야기했다.

"저는 본디 양갓집 딸로서 어릴 때부터 집안의 가르침을 받았습니다. 수놓기와 바느질에 힘썼고, 시 짓기와 글씨 쓰기, 예법을 배웠습니다. 규방의 법도만 알 뿐, 그 밖의 일이야 어찌 알았겠습니까? 당신이 붉은 살구꽃 핀 담 안을 엿보았기에 제가 푸른 바다에서 구슬을 캐어 바친 거지요. 꽃 앞에서 한 번 웃고 평생의 가약을 맺었습니다. 휘장 속에서 다시 만날 때는 정이 백 년을 넘쳤습니다. 여기까지 말하고 보니 슬프고도 부끄러워 견딜 수가 없군요. 장차 백 년을 함께하자고 했는데, 뜻밖에 불행을 만나 구렁에 넘어질 줄 어찌 알았겠습니까? 끝까지 늑대 같은 놈들에게 정조를 잃지 않았지만, 제 몸은 진흙탕에서 찢겼습니다. 하늘의 이치로 보자면 당연한 것이나 인간의 정으로는 견디기 어려운 일이었지요. 저는 당신과 외딴 산골에서 헤어진 뒤 짝 잃은 새가 되었습니다. 집도 없어지고 부모님도 돌아가셔서 고단한 영혼을 의지할 곳 없는 게 한스러웠습니다. 절개와 의리는 무겁고 목숨은 가벼우니, 쇠잔한 몸뚱이일망정 치욕을 면한 것을 다행으로 여겼지요. 그러나 마디마디 끊어진 제 마음을 그 누가 불쌍히 여겨 주겠습니까? 한갓 애끊는 썩은 창자에만 맺혀 있을 뿐이지요. 해골은 들판에 내던져

졌고 간과 쓸개는 땅바닥에 나뒹굴고 있습니다. 가만히 옛날의 즐거움을 생각하면 오늘의 슬픔을 위해 있었던 것 같군요. 이제, 추연이 피리를 불어 따뜻한 기운을 일으켰듯이 봄이 깊은 골짜기에 돌아왔습니다. 천녀*의 혼이 이승으로 돌아왔듯이 저도 다시 이승으로 돌아오렵니다. 봉래산에서 십이 년 만에 만나자는 약속을 단단히 맺었고 신선의 취굴聚窟에 삼생三生의 향이 향기로우니, 오랫동안 뵙지 못한 정을 되살려 과거의 맹세를 저버리지 않겠어요. 당신이 지금도 그 맹세를 잊지 않으셨다면, 저도 끝까지 잘 모시고 싶습니다. 당신도 허락하시겠지요?"

이생은 기뻐하며 감격해서 말했다.

"그게 애당초 내 소원입니다."

두 사람은 서로 정답게 심정을 털어놓았다. 도적들이 재산을 얼마나 빼앗아 갔는지에 화제가 미치자, 최랑이 말했다.

"조금도 잃지 않고 어느 산 어느 골짜기에 묻어 두었습니다."

이생이 또 물었다.

"양가 부모님의 유골은 어디에 모셨소?"

최랑이 말했다.

---

* 천녀 당나라 소설 《이혼기》의 주인공. 형주에 살며 왕주라는 남자를 사랑했지만 아버지가 다른 데로 시집보냈다. 천녀는 왕주와 함께 사천으로 달아나 5년 동안 지내며 자식을 둘 낳았는데, 실제 몸은 병든 채 친정에 누워 있었다. 왕주와 같이 살았던 천녀는 영혼이었던 것이다.

"어느 곳에 그냥 버려져 있습니다."

정겨운 이야기를 끝낸 후 잠자리를 함께했다. 지극한 즐거움이 예전과 같았다.

이튿날 최랑과 이생은 재물을 묻어 둔 곳을 찾아갔다. 과연 금과 은 몇 덩어리가 있었고 재물도 약간 있었다. 그들은 양가 부모의 유골을 거두고 금과 재물을 팔아 각각 오관산 기슭에 합장했다. 나무를 심고 제사를 드려 예를 다했다.

그 뒤 이생은 벼슬을 구하지 않고 최랑과 더불어 살았다. 목숨을 건진 종들도 스스로 돌아왔다. 이생은 이때부터 인간 세계의 모든 일을 다 잊어버렸으며, 아무리 친척이나 이웃의 길흉사가 있어도 방문을 닫아걸고 나가지 않았다. 언제나 최랑과 시를 지어 주고받으며 금슬 좋게 지냈다.

그럭저럭 몇 년이 지난 어느 날 저녁, 최랑이 이생에게 말했다.

"세 번이나 가약을 맺었지만 세상일이 뜻대로 되지 않습니다. 즐거움이 다하기도 전에 슬피 헤어져야만 하겠어요."

최랑이 목메어 울자 이생이 놀라 물었다.

"어찌 그렇습니까?"

최랑이 대답했다.

"저승길은 피할 수가 없습니다. 하느님께서 저와 당신의 연분이 끊어지지 않았고 전생에 아무런 죄도 짓지 않았다 하시며, 이 몸을 환생시켜 당신과 잠시라도 시름을 풀게 해 주셨지요. 그러나 인간 세계에 오래 머물며 산 사람을 미혹시킬 수는 없답니다."

최랑은 몸종 향아를 시켜 술을 올리게 하고, 〈옥루춘〉 곡조에 맞추어 노래 한 가락을 지어 부르며 이생에게 술을 권했다.

방패와 창이 어우러져 싸움 가득한 판에

옥 부서지고 꽃 떨어지니 원앙도 짝을 잃었네.

흩어진 해골을 그 누가 묻어 주랴.

피에 젖어 떠도는 혼 하소연할 곳도 없네.

무산의 선녀가 고당에 한 번 내려온 뒤

깨진 거울이 다시 갈라지니 마음 더욱 쓰리구나.

이제 한번 작별하면 둘이 서로 아득해지리니

하늘과 인간 사이에 소식마저 막히리라.

노래를 한 마디 부를 때마다 눈물이 자꾸 흘러 곡조를 거의 이루지 못했다. 이생 또한 슬픔을 걷잡지 못하며 말했다.

"내 차라리 당신과 함께 황천으로 갈지언정 어찌 무료하게 홀로 여생을 보전하겠습니까? 지난번 난리를 겪고 난 뒤 친척과 종들이 저마다 흩어지고 돌아가신 부모님의 유골이 들판에 내버려졌는데, 당신이 아니었다면 그 누가 장사를 지내 드렸겠습니까? 옛사람 말씀에 '어버이가 살아 계실 때는 예로써 섬기고, 돌아가신 뒤에는 예로써 장사 지내라' 하셨는데, 이런 일을 모두 당신이 감당해 주었습니다. 당신은 정말 천성이 효성스럽고 인정이 두터운 사람입니다. 당신에게 고맙기 그지없고 제가 부끄러워 견딜 수가 없습니다. 당신이 인간 세계에 더 오래 머물다 백 년 뒤에 저와 함께 티끌이 되면 좋겠습니다."

최랑이 말했다.

"당신의 목숨은 아직 십이 년이 남아 있지만, 저는 이미 귀신의 명부에 실려 있습니다. 더 오래 볼 수가 없지요. 제가 군이 인간 세계를 그리워하며 미련을 가진다면 저승의 법도를 어기게 됩니다. 저에게만 죄가 미치는 게 아니라 당신에게도 누가 미치게 된답니다. 제 유골이 어디에 흩어져 있으니, 은혜를 베푸시려면 그 유골이나 거두어 비바람을 맞지 않게 해 주세요."

두 사람은 서로 바라보며 눈물만 줄줄 흘렸다.

"낭군님, 부디 안녕히 계세요."

말이 끝나자 최랑은 차츰 사라지더니 마침내 자취가 없어졌다.

이생은 최랑의 유골을 거두어 부모님 무덤 곁에 묻어 주었다. 장사를 지낸 뒤에는 지나간 일들을 생각하다 병을 얻어 몇 달 만에 세상을 떠났다. 이 이야기를 들은 사람들마다 가슴 아파 탄식하며 그들의 아름다운 절개를 사모하지 않는 사람이 없었다.

부벽정에서
취해 놀았던
이야기

취유부벽정기

醉遊浮碧亭記

평양은 옛 조선의 서울이다. 주나라 무왕이 은나라를 이기고 기자箕子를 찾아가자, 기자가 정치와 도덕의 아홉 가지 원칙인 홍범구주洪範九疇의 법을 일러 주었다. 무왕은 기자가 이 땅을 다스리게 하되 신하로 삼지는 않았다.

이곳 평양의 명승지로는 금수산, 봉황대, 능라도, 기린굴, 조천석, 추남허 등이 있는데 모두 옛 유적지다. 영명사의 부벽정도 그 가운데 하나다.

영명사 자리는 바로 고구려 동명왕의 구제궁 터다. 이 절은 성 밖에서 동북쪽으로 이십 리 되는 곳에 있다. 긴 강을 내려다보고 멀리 평원을 바라보며 아득하기가 끝이 없으니, 참으로 좋은 경치였다.

그림이 그려진 놀잇배와 장삿배들이 날 저물 무렵 대동문 밖에 있는 버들 숲 낚시터에 닻을 내리고 머무르면, 사람들은 으레 강물

을 따라 올라왔다. 이곳을 마음대로 구경하며 실컷 즐기다 돌아가
곤 했다.

부벽정 남쪽에는 돌을 다듬어 만든 사닥다리가 있다. 왼편은 청
운제青雲梯, 오른편은 백운제白雲梯다. 두 이름을 새긴 돌기둥을
길가에 이정표로 세워 놓아 일 벌이기 좋아하는 호사가들의 구경
거리가 되었다.

천순天順* 초년, 개성에 홍생이라는 부자가 있었다. 나이가 젊
고 얼굴이 잘생긴 데다 풍채와 태도가 좋았다. 글도 잘 지었다. 그
가 한가위를 맞아 친구들과 함께 평양에 왔다. 여인을 유혹하려고
배를 강가에 대자 성안의 이름난 기생들이 모두 성문 밖으로 나와
홍생에게 추파를 던졌다.

성안에는 이생이라는 옛 친구가 살았는데, 잔치를 베풀어 홍생
을 환영했다. 홍생은 술이 취하자 배로 돌아왔지만 밤이 서늘하고
잠도 오지 않았다. 문득 당나라 시인 장계가 지은 〈풍교야박〉이라
는 시가 생각났다. 맑은 흥취를 견디지 못해 작은 배를 타고는 달
빛을 싣고 노를 저어 올라갔다. 흥취가 다하면 돌아가리라 생각하
며 이르고 보니 부벽정 아래였다.

뱃줄을 갈대숲에 매어 두고, 사닥다리를 밟고 올라갔다. 난간에
기대 바라보며 맑은 소리로 낭랑하게 시를 읊었다.

---

* 천순 명나라 영종의 연호. 천순 초년인 1457년은 조선 세조 3년이다.

그때 달빛은 바다처럼 넓게 비치고 물결은 흰 비단처럼 고왔다. 기러기는 모래밭에서 울고 학은 소나무에서 떨어지는 이슬방울에 놀라 푸드덕거렸다. 마치 하늘 위 옥황상제가 계신 곳에라도 오른 것처럼 몸과 마음이 서늘해졌다.

옛 서울을 돌아보니 흰 석회를 바른 성가퀴*에는 안개가 끼어 있고, 외로운 성 밑에는 물결만 부딪쳤다. 은나라가 망한 뒤 기자가 고국의 옛 도읍 터에 자란 보리를 보고 서글퍼 지은 노래처럼 탄식이 절로 나와, 이내 시 여섯 수를 지어 읊었다.

부벽정 올라와 시흥을 못 견디고 읊으니
흐느끼는 강물 소리가 애끊는 듯해라.
용 같고 호랑이 같던 고국의 기상은 이미 없어졌건만
황폐한 옛 성은 지금까지도 봉황 모습 그대로일세.
모래밭에 달빛이 희니 기러기는 갈 길을 잃고
풀밭에는 연기가 걷혀 반딧불만 반짝이네.
인간 세상이 바뀌고 보니 풍경마저 쓸쓸해져
한산사에서 종소리만 들려오네.

임금 계시던 궁궐에는 가을 풀만 쓸쓸하고

* 성가퀴 성 위에 낮게 쌓아 올린 담. 여기에 몸을 숨기고 적을 감시하거나 공격한다.

구름 낀 돌층계는 길마저 아득해라.

기생집 옛터에는 냉이 풀 우거졌는데

성가퀴에 희미한 달 보며 까마귀만 우짖네.

멋스럽던 옛일은 티끌이 되었고

적막한 빈 궁궐 벽엔 찔레만 덮였구나.

오직 강물만 옛날 그대로 울며 울며

도도히 흘러서 서쪽 바다로 향하누나.

대동강 저 물결이 쪽빛보다 더 푸르니

천고 흥망이 한스러워 못 견디겠네.

우물에는 물이 말라 담쟁이만 드리웠고

이끼 낀 돌층계는 능수버들이 에워쌌네.

타향의 풍월을 천 수나 읊고 보니

옛 도읍의 정회에 술이 더욱 취하는구나.

달 밝은 난간에 기대 잠 못 이루노라니

밤 깊어지며 계화꽃 살며시 떨어지네.

오늘이 한가위라 달빛은 곱기만 한데

외로운 옛 성은 볼수록 서글퍼라.

기자 사당 뜰에는 교목이 늙어 있고

단군 사당 벽 위에는 담쟁이가 얽혀 있네.

영웅들 적막하니 지금 어디 있는가

풀과 나무만 희미하니 몇 해나 되었던가

오직 그 옛날의 둥근달만 남아 있어

맑은 빛 흘러나와 이내 옷깃을 비추네.

동산에 달 뜨자 까막까치 흩어져 날고

밤 깊어지자 찬 이슬이 내 옷을 적시네.

천 년 문물과 의관 다 없어지고

만고강산에 성곽은 달라졌네.

하늘에 오른 성제聖帝께선 돌아오지 않으시니

인간 세상에 남긴 이야기를 그 누가 증명하랴.

황금 수레에 기린마*도 이제는 자취 없어

풀 우거진 궁중 길에 스님만이 홀로 가네.

차가운 이슬 내려 뜰 안 풀이 다 시드는데

청운교와 백운교는 마주 보고 서 있구나.

수나라 대군*의 넋이 여울에서 울어 예니

수양제의 영혼이 원통한 매미 되었던가.

* 기린마 고구려 동명왕(성제)이 하늘로 올라갈 때 탔다고 전해지는 신성한 동물
* 수나라 대군 수나라 양제의 지휘 아래 고구려에 쳐들어왔으나 청천강에서 을지문덕에게 몰살당한 수십 만 병사

연기만 낀 넓은 길엔 수레 소리도 끊어졌는데

소나무 쓰러진 행궁에 저녁 종소리 울려오네.

누가에 올라 시 읊어도 그 누가 함께 즐기려나

달 밝고 바람도 맑아 시흥이 시들지 않네.

　홍생은 읊기를 마친 뒤 손바닥을 치면서 일어나 그 자리에서 춤을 추었다. 한 구절을 읊을 때마다 '어허!' 소리를 내며 탄식했다. 비록 뱃전을 두드리고 퉁소를 불며 서로 화답하는 즐거움은 없었지만, 마음속에서부터 감정이 북받쳤다. 그가 시 읊는 소리는 깊은 구렁에 잠긴 용도 따라 춤추게 할 만했고, 외로운 배에 있는 과부도 울릴 만했다.

　시를 다 읊고 돌아오려 하자 밤이 벌써 삼경이나 되었다. 이때 갑자기 서쪽에서 발소리가 들려왔다. 홍생은 속으로 '스님이 시 읊는 소리를 듣고 이상하게 생각해 찾아오는 것이겠지' 하고는 앉아서 기다렸다. 그런데 나타나고 보니 한 아름다운 여인이었다. 두 시녀가 좌우에서 따르며 모셨는데, 한 시녀는 옥 자루가 달린 먼지떨이를 손에 들었고 다른 한 시녀는 비단부채를 들고 있었다. 여인은 위엄이 있고도 단정해서 마치 귀족 집 처자 같았다.

　홍생은 계단을 내려가 담 틈에 비껴 섰다. 여인이 어떻게 하는지 살펴보았다. 여인은 남쪽 난간에 기대서서 달을 바라보며 작은 소리로 시를 읊었는데, 멋이 있고 몸가짐이 단정해 예의와 법도가 있었다. 시녀가 비단 방석을 펴자, 여인이 얼굴빛을 고치고 자리에 앉아 낭랑한 소리로 말했다.

"여기서 방금 시를 읊던 사람이 있었는데, 지금 어디에 계신가요? 나는 꽃이나 달의 요물도 아니고 연꽃 위를 거니는 주희*도 아니랍니다. 다행히 오늘 밤 하늘은 만 리나 길게 펼쳐져 드넓고 구름도 걷힌 데다, 달이 높이 뜨고 은하수도 맑네요. 계수나무 열매가 떨어지고 달 속의 백옥 궁전은 차갑기에, 한 잔 술에 시 한 수로 그윽한 심정을 유쾌히 풀어 볼까 합니다. 이렇게 좋은 밤을 어찌 그대로 보내겠어요?"

홍생은 그 말을 듣고 한편으로는 두려웠지만, 한편으로는 기뻤다. 어찌할까 머뭇거리다 가늘게 기침 소리를 냈다.

시녀가 기침 소리가 나는 곳을 찾아와서 청했다.

"저희 아가씨께서 모시고 오라 하셨습니다."

홍생이 조심스럽게 나아가서 절하고 꿇어앉았다. 여인은 별로 어려워하지 않으며 말했다.

"그대도 이리 올라오시지요."

시녀가 낮은 병풍으로 잠깐 앞을 가려서, 그들은 서로 얼굴을 반만 보았다. 여인이 조용히 말했다.

---

* 연꽃 위를 거니는 주희 제나라 미인 반 귀비. 황제가 금으로 만든 연꽃을 땅에 붙여 두자 그 위로 가면서 춤을 추었다고 한다. 이 모습을 묘사한 시에 "걸음마다 연꽃이 피어났다"라는 구절이 있다.

"그대가 조금 전에 읊은 시는 무슨 뜻인가요? 나에게 외워 주세요."

홍생이 그 시를 하나하나 외워 주자 여인이 웃으며 말했다.

"그대는 나와 함께 시에 대해 이야기할 만하군요."

여인은 시녀에게 명해 술을 한 차례 권했는데 차려 놓은 음식이 인간 세계의 것과 같지 않았다. 먹으려 해도 굳어 있고 딱딱해 먹을 수가 없었다. 술맛 또한 써서 마실 수가 없었다. 여인이 빙그레 웃으며 말했다.

"속세의 선비가 어찌 백옥례白玉醴와 홍규포紅虬脯*를 알겠어요?"

여인이 시녀에게 명했다.

"너 빨리 신호사에 가서 절밥을 조금만 얻어 오너라."

시녀가 시키는 대로 가서 곧 절밥을 얻어 왔다. 그러나 밥뿐이었고 반찬이 없었다. 여인은 다시 시녀에게 명했다.

"얘야. 주암酒巖*에 가서 반찬도 얻어 오너라."

얼마 되지 않아 시녀가 잉어 구이를 얻어 가지고 왔다. 홍생이 그 음식들을 먹었다. 그러고 나니 여인은 이미 홍생이 지은 시의 뜻에 화답해 두었다. 시녀를 시켜 향기로운 종이에 쓴 시를 홍생에

---

* 백옥례와 홍규포   신선이 마시는 술과 용 고기로 만든 포
* 주암   술이 흘러나오는 바위. 평양에서 동북쪽으로 10리 되는 곳에 있으며 그 아래 못에 용이 산다고 한다.

게 주었는데, 그 시는 이러했다.

부벽정 오늘 밤에 달빛 더욱 밝은데
맑은 이야기에 감회가 어떠신가?
어렴풋한 나무 빛은 일산처럼 펼쳐졌고
넘치는 저 강물은 비단 치마 둘렀네.
세월은 나는 새처럼 어느새 지나갔고
세상일도 자주 변해 흘러가버린 물 같아라.
오늘 밤의 정회를 그 누가 알아주랴.
개울 긴 숲에서 종소리만 이따금 들려오네.

옛 성에 올라 남쪽을 바라보니 대동강이 또렷한데
푸른 물결 밝은 모래밭에 기러기 떼가 우네.
기린 수레는 오지 않고 용마도 이미 떠났으니
봉황 피리 소리 끊기고 흙무덤만 남았어라.
갠 산에 비가 오려나, 내 시는 벌써 이루어졌는데
들판 절에는 사람도 없어 나 혼자 술에 취했네.
가시덤불에 묻힌 구리 낙타 내 차마 보지 못하니
천 년의 옛 자취가 뜬구름 되었구나.

풀뿌리 차갑다고 쓰르라미 울어 대네.

높은 정자 올라 보니 생각조차 아득해라.

비 그치고 구름 흩어지니 지난 일이 가슴 아파

떨어진 꽃 흐르는 물에 세월이 느껴지네.

가을이라 밀물 소리 더더욱 비장하고

강물에 잠긴 누각 그림자에 달빛마저 처량해라.

이곳이 그 옛날엔 문물이 번성했지

황폐한 성 늙은 나무가 남의 애를 끊는구나.

금수산에 쌓인 나뭇잎 수놓은 비단 같고

강가의 단풍들은 옛 성을 비추네.

어디서 또닥또닥 다듬이 소리 들려오나

뱃노래 한 가락에 고깃배가 돌아오네.

바위에 기댄 고목에는 담쟁이가 얽혀 있고

풀 속에 쓰러진 비석에는 이끼가 끼었구나.

말없이 난간에 기대 지난 일을 생각하니

달빛과 파도 소리 모두 슬프기만 해라.

별들이 드문드문 하늘에 널렸는데

은하수 맑고 옅어 달빛 더욱 밝아라.

이제야 알겠구나 모두가 허사로다

저승을 기약키 어려우니 이승에서 만나 보세.

술 한 잔 가득 부어 취해 본들 어떠랴

풍진 세상의 석 자 흙무더기 마음에 두지 마세.

만고의 영웅들도 흙먼지가 되었으니

세상에 남는 것은 죽은 뒤의 이름뿐.

이 밤을 어이하랴! 밤은 이미 깊어져

담 위에 걸린 달이 이제는 둥글구나.

그대 지금 두 세상을 떨어져 있으나

나를 만났으니 천 일의 즐거움을 맡겨 보오.

강가의 누각에는 사람들이 흩어지고

뜰 앞의 나무에는 찬 이슬이 내리네.

이 뒤에 다시 한 번 만날 곳을 알려면

봉래산에 복숭아 익고 푸른 바다도 말라야 한다오.

홍생은 시를 받아 보고 기뻐했다. 그러나 여인이 돌아갈까 염려되어, 이야기를 하면서 붙잡으려고 이렇게 물어보았다.

"송구스럽지만 당신의 성씨와 족보를 듣고 싶습니다."

여인이 한숨을 쉬더니 대답했다.

"나는 은나라 임금의 후손이며 기 씨의 딸입니다. 나의 선조이신 기자께서는 이 땅에 봉해지자 예법과 정치 제도를 모두 은나라 시조 탕왕의 가르침에 따라 행하셨습니다. 금지하는 일 여덟

가지를 법으로 만들어 백성을 가르치시니 문물이 천 년이나 빛나
게 되었지요. 그런데 갑자기 나라의 운수가 곤경에 빠지고 문득
환난이 닥쳐왔습니다. 나의 선친 준왕께서 필부*의 손에 실패해
종묘사직을 잃으셨지요. 이 틈을 타서 위만이 왕위를 훔치니 우
리 조선의 왕업은 끊어지고 말았습니다. 나는 이 어지러운 때에
도 절개를 굳게 지키기로 다짐하고 죽기만 기다렸을 뿐인데, 홀
연히 한 신인神人이 나타나 나를 어루만지며 말씀하셨습니다. '나
는 본디 이 나라의 시조인데, 나라를 잘 다스린 뒤 바다에 있는 섬
에 들어가 죽지 않는 신선이 된 지가 벌써 수천 년이나 되었다. 너
도 나를 따라 하늘나라 궁궐에 올라가 즐겁게 노니는 것이 어떻
겠느냐?' 내가 응낙하자 그분이 마침내 나를 이끌고 자기가 살
고 있는 곳으로 가셨습니다. 별당을 지어 나를 머물게 하고, 북해
에 있다는 신선의 섬인 현주의 불사약을 주셨답니다. 그 약을 먹
고 몇 달이 지나자 불현듯 몸이 가벼워지고 기운이 건장해지더
니, 날개가 달려 신선이 된 것 같았습니다. 그때부터 하늘에 높이
떠서 천지 사방을 오가며 천하에 이름난 산과 경치 좋은 곳을 찾
아 십주十洲와 삼도三島*를 유람하지 않은 곳이 없었답니다. 하루
는 가을 하늘이 활짝 개어 밝은 데다 달빛이 물처럼 맑기에 달을

* 필부   신분이 낮고 보잘것없는 사내. 연나라 사람 위만을 의미한다.
* 십주와 삼도   신선이 산다는 열 군데 땅과 세 군데 섬

쳐다보니, 갑자기 멀리 떠나고 싶은 생각이 들었습니다. 그래서 달나라로 올라가 광한청허지부廣寒淸虛之府*에 들어가서 수정궁의 항아를 찾아뵈었지요. 항아는 나더러 절개가 곧고 글을 잘 짓는다고 칭찬하면서 이렇게 달랬답니다. '인간 세계의 선경仙境을 복지福地라고 하지만 모두 티끌에 지나지 않는다. 하늘나라에 올라와서 흰 난새를 타고 계수나무 아래서 맑은 향내를 맡으며, 푸른 하늘에서 달빛을 두르고 옥경玉京*에서 즐겁게 놀거나 은하수에서 목욕하는 것보다야 낫겠느냐?' 그러고는 나를 옥황상제 앞에 놓는 향로 탁자 받드는 시녀로 삼아 자기 곁에 있도록 해 주었는데, 그 즐거움을 이루 다 말할 수 없었습니다. 그러다 오늘 저녁에 갑자기 고국 생각이 났습니다. 인간 세계를 내려다보며 고향 땅을 굽어보았지요. 산천은 옛날 그대로였지만 사람들은 달라졌고, 밝은 달빛이 연기와 티끌을 가려 주었으며 맑은 이슬이 대지에 쌓인 먼지를 깨끗이 씻어 놓았기에, 옥경을 잠시 하직하고 살며시 내려와 보았습니다. 조상님 산소에 절하고는 부벽정이나 구경하면서 회포를 풀어 볼까 해서 이리로 왔지요. 마침 글 잘하는 선비를 만나고 보니, 한편 기쁘기도 하고 한편 부끄럽습니다. 그대의 뛰어난 시에다 둔한 붓을 펼쳐 화답했으나, 감히 시라고 지

---

* 광한청허지부 중국의 설화집《천보유사》에 따르면 달나라 궁전의 현판에 이렇게 쓰여 있다고 한다.
* 옥경 하늘나라의 서울

은 게 아니라 회포를 대강 펼쳤을 뿐이랍니다."

홍생이 두 번 절하고 머리를 조아리며 말했다.

"아래 세상의 우매한 사람이야 초목과 함께 썩는 것이 마땅합니다. 이 나라의 왕손이신 선녀를 모시고 시를 주고받게 될 줄 어찌 알았겠습니까?"

홍생은 여인의 시를 그 자리에서 한 번 훑어보고는 그대로 외웠다. 그리고 다시 엎드려서 말했다.

"우매한 이 사람은 전세에 지은 죄가 많아 신선의 음식을 먹을 수 없습니다만, 다행히도 글자는 대강 알고 있어 선녀께서 지으신 시도 조금은 이해했습니다. 참으로 기이한 일입니다. 네 가지 아름다움*을 갖추기 어려운데 이 네 가지가 다 갖추어져 있으니, 이번에는 '강가 정자에서 가을밤에 달을 구경하다'라는 제목으로 시 사십 운을 지어 저를 가르쳐 주십시오."

여인이 고개를 끄덕이더니 붓을 적셔 한 번에 죽 내리썼다. 구름과 안개가 서로 얽히는 듯했다. 붓을 달려 곧바로 지은 그 시는 이러했다.

　　부벽정 달 밝은 밤

　　먼 하늘에서 옥 같은 이슬 흐르네.

---

*　네 가지 아름다움　좋은 계절, 아름다운 경치, 이를 즐기는 마음, 즐겁게 노는 일

맑은 빛은 은하수에 잠기고

서늘한 기운은 오동잎에 서려 있네.

눈부시게 깨끗한 삼천세계

열두 누각이 아름다워라.

가녀린 구름엔 반점 티끌도 없는데

가벼운 바람이 눈앞을 스치네.

넘실넘실 넘치며 흐르는 물에

아물아물 떠나는 배를 보내네.

배 안에서 창틈으로 엿보니

갈대꽃이 물가에 비치는구나.

〈예상곡〉* 이 들리는 건가

옥도끼로 다듬은 건가.

진주조개로 집을 지으니

무소의 빛이 염부주閻浮洲* 에 비치는구나.

지미와 달구경 하고

공원을 따르며 놀아 보세나.*

* 〈예상곡〉 달나라의 음악
* 염부주 염부나무가 무성한 땅으로, 수미산에, 있다. 수미산은 불교의 우주관에서 세계의 중심에 있다고 하는 상상의 산이다.
* 지미, 공원 당나라 술사 조지미는 도술을 써서 장마 중에도 친구들과 함께 달을 구경했다고 한다. 공원 역시 지미와 함께 놀았던 술사다.

달빛 차가우니 위나라 까치[*] 놀라고

오나라 소[*]는 그림자 보고 헐떡이네.

은은한 달빛이 푸른 산을 두르고

둥근달이 푸른 바다에 떴는데,

그대와 함께 창을 열어젖히고

흥겨워 구슬발을 걷어 올리네

이백은 술잔을 멈추었고

오강은 계수나무를 찍었지.

흰 병풍은 빛이 찬란하고

아로새긴 채색 휘장 드리워졌네.

보배로운 거울 닦아 처음 거니

구르는 얼음 바퀴 멈추지 않네.

금물결은 어찌 그리 아름다우며

은하수는 어찌 그리 느릿한지,

요사스러운 두꺼비 칼을 뽑아 없애고

교활한 옥토끼 그물 펼쳐 잡아 보세.

먼 하늘에는 비가 개고

---

[*] 위나라 까치   조조와 유비, 손권이 적벽강에서 싸울 때 달이 밝았는데, 까막까치가
불로 공격할 것을 미리 알고 남쪽으로 날아갔다고 한다.

[*] 오나라 소   오나라는 더운 지방이어서 물소가 달을 보고도 해인 줄 알고 헐떡였다
고 한다.

돌길에는 맑은 연기 걷혔는데,

난간은 숲 사이에 솟았고

섬돌에선 만 길 못을 굽어보네.

머나먼 곳에서 그 누가 길 잃었나?

고향 나라 옛 친구를 다행히도 만났네.

복사꽃과 오얏꽃을 서로 주고받으며

잔에 가득 부은 술도 주고받았네.

초에다 금을 그어 다투어 시를 짓고

산가지* 더해 가며 취하도록 마셔 보네.

화로 속에서 까만 숯불 튀고

작은 솥에서 게 눈 같은 거품 이네.

오리 향로에선 용연향 풍겨 오고

커다란 잔 속엔 술이 가득해라.

외로운 소나무에선 학이 울고

네 벽에선 귀뚜라미 우는구나.

호상에서 은호*와 유량이 이야기하고

---

* 산가지   수를 셀 때 쓰는 나무 막대. 송강 정철의 사설시조 〈장진주사〉에 "꽃 꺾어 산 놓고 무진무진 먹세그려"라는 구절이 있다.
* 은호   은호는 상관인 유량과 신분의 높고 낮음을 따지지 않고 교류했다. 이들의 관계처럼 평범한 선비인 홍생과 선녀가 어울렸다는 뜻이다.

진나라 물가에서 사령운*이 혜원과 노닐었지.

어스름히 황폐한 성만 남은 곳에

쓸쓸하게 초목만 우거져,

단풍잎은 하늘하늘 떨어지고

누런 갈대는 차갑게 사각거리네.

신선 사는 곳이라 하늘과 땅 넓기만 한데

티끌세상엔 세월도 빠르구나.

옛 궁궐에는 벼와 기장 여물었고

들녘 사당에는 가래나무와 뽕나무 늘어졌네.

남은 자취는 비석뿐이던가

흥망은 갈매기에게나 물어보리라.

달님은 기울었다 다시 차건만

인생이란 하루살이 같아라.

궁궐은 절간이 되고

옛날 임금들은 세상 떠났네.

반딧불이 휘장에 가려 사라지자

도깨비불이 깊은 숲에서 나타나네.

옛일 생각하면 눈물만 떨어지고

---

* 사령운 글 잘하는 진나라 선비. 혜원 스님과 산수를 즐기며 친하게 지냈다고 한다.
홍생을 빗댄 것이다.

지금 세상 생각하면 저절로 시름겨우니,

단군의 옛터는 목멱산만 남았고

기자의 서울도 실개천뿐일세.

굴속에는 기린마의 자취가 있고

들판에는 숙신[*]의 화살촉이 남았는데,

난향이 신선 세계로 돌아가자

직녀도 청룡 타고 떠나가네.

글 짓는 선비는 붓을 놓고

선녀도 공후[*]를 멈추었네.

노래 마치고 사람들 흩어지니

고요한 바람에 노 젓는 소리만 들려오네.

여인은 쓰기를 마친 뒤 공중에 높이 솟아 가버렸다. 어디로 갔는지 알 수가 없었다. 여인이 돌아가면서 시녀를 시켜 홍생에게 말을 전했다.

"옥황상제의 명이 엄하셔서 이제 흰 난새를 타고 돌아가야 한답니다. 맑은 이야기를 다하지 못해 마음이 아주 섭섭하네요."

얼마 후 회오리바람이 불어와 땅을 휘감더니 홍생이 앉았던 자

---

* 숙신 고조선 때 만주 지방에 있던 나라. 이 나라에서 만든 화살이 유명했다고 한다.
* 공후 하프와 비슷한 동양의 옛 현악기

리도 걷고 여인의 시도 걷어 가버렸다. 시 또한 어디로 갔는지 알수 없었다. 이상한 이야기를 인간 세계에 퍼뜨리지 못하게 한 것이었다.

홍생이 조용히 서서 가만히 생각해 보았다. 꿈도 아니고 생시도 아니었다. 난간에 기대 정신을 차리고 여인이 했던 말들을 모두 기록했다. 기이하게 만났지만 가슴속에 쌓인 이야기를 다하지 못한 것이 서운해서, 조금 전의 일들을 회상하며 시를 읊었다.

> 양대*에서 꿈결에 임을 만났네.
> 어느 해에야 옥소의 팔찌를 다시 보려나.*
> 무정한 대동강 물결마저도
> 임 떠난 저곳으로 슬피 울며 가는구나.

시 읊기를 마치고 사방을 둘러보았다. 산속 절에서는 종이 울고 물가 마을에서는 닭이 우는데, 달은 성 서쪽으로 기울고 샛별만 반짝이고 있었다. 뜰에서 쥐 소리가 들리고 자리 옆에서 벌레 소리가 들릴 뿐이었다.

---

* 양대   홍생이 선녀를 만난 부벽정을 가리킨다.
* 옥소의 팔찌를 다시 보려나   여인의 환생을 기다린다는 뜻. 당나라의 위고가 옥소라는 여인과 부부가 되기로 약속했는데, 고향에 갔다가 약속한 기한에 돌아오지 못했다. 옥소는 음식을 먹지 않다 죽은 후, 환생해 위고의 첩이 되었다고 한다.

홍생은 쓸쓸하고도 슬펐으며 숙연하고도 두려웠다. 마음이 서글퍼 더 이상 머물러 있을 수 없었다. 돌아와 배에 올라탔는데도 우울하고 답답했다. 어제 놀던 강 언덕으로 갔더니 친구들이 다투어 물었다.

"어제저녁에는 어디서 자고 왔는가?"

홍생은 속여서 말했다.

"어젯밤에는 낚싯대를 메고 달빛을 따라 장경문 밖 조천석 기슭까지 갔네. 좋은 고기를 낚으려고 했지. 그런데 밤 날씨가 서늘하고 물이 차가워 붕어 한 마리도 낚지 못했다네. 얼마나 안타까웠던지."

친구들도 그 말을 의심하지 않았다.

이후 홍생은 그 여인을 연모하다 병을 얻어 몸이 쇠약해졌다. 자기 집에 돌아왔으나 정신이 황홀하고 헛소리가 많아졌다. 병상에 누운 지 오래되었지만 조금도 나아지지 않았다.

홍생이 어느 날 꿈을 꾸었는데, 엷게 단장한 미인이 나타나 말했다.

"우리 아가씨께서 선비님 이야기를 옥황상제께 아뢰었더니 상제께서 선비님의 재주를 사랑하시어 견우성의 지휘를 받는 종사관으로 삼으셨습니다. 옥황상제께서 선비님께 명하셨으니 어찌 피하겠습니까?"

홍생은 놀라 꿈에서 깼다. 집안사람에게 자기 몸을 씻기고 옷을 갈아입히라고 시켰다. 향을 태우고 땅을 쓸어 낸 뒤, 뜰에 자리를 펴게 했다. 그는 턱을 괴고 잠깐 누웠다가 문득 세상을 떠났는데, 바로 구월 보름날이었다.

그의 시체를 빈소에 모셨다. 며칠이 지나도 얼굴빛이 변하지 않았다. 사람들은 '홍생이 신선을 만나 몸을 남겨 두고 신선이 된 것'이라 했다.

남쪽 저승을
구경한
이야기

남염부주지

南炎浮洲志

성화成化* 초년에 박생이란 사람이 경주에 살고 있었다. 그는 유학에 뜻을 두고 언제나 자신을 격려했다. 일찍이 승보시陞補試를 보아 성균관에 올랐지만, 과거에는 한 번도 합격하지 못해 언제나 불만스러운 감정을 품고 지냈다.

뜻과 기상이 드높고 세력을 보고도 굽히지 않았으므로 남들은 박생을 거만하다고 생각했다. 그러나 사람과 만나거나 이야기할 때는 온순하고 순박했으므로 마을 사람들이 모두 그를 칭찬했다.

박생은 일찍부터 불교나 무속 신앙, 귀신 등의 이야기에 의심을 품고 있었는데, 어떠한 결정을 내리지는 못하고 있었다. 그러다가 《중용》과 《주역》을 읽은 뒤로 자기 생각에 자신을 가지고 더 이상 의심하지 않게 되었다. 하지만 성품이 순박하고도 온후해서 스님

* 　성화　명나라 헌종의 연호. 조선에서는 세조 11년이다.

들과도 잘 사귀었다. 한유韓愈와 태전太顚, 유종원柳宗元과 손상인巽上人 사이처럼 가까운 이들도 두셋 있었다.*

스님들도 그를 문학에 뛰어난 선비로서 사귀었다. 혜원慧遠 스님이 종병宗炳과 뇌차종雷次宗을 사귀고, 지둔支遁 스님이 왕탄지王坦支와 사안謝安을 사귀던 것처럼 막역한 벗으로 대했다.

박생이 어느 날 한 스님에게 천당과 지옥의 설에 관해 묻다가, 다시 의심이 생겨 말했다.

"하늘과 땅에는 하나의 음陰과 양陽이 있을 뿐인데, 어찌 이 하늘과 땅 밖에 또 다른 하늘과 땅이 있겠습니까? 그것은 반드시 잘못된 이야기입니다."

이렇게 스님에게 물었으나 스님 또한 명확히 말하지 못했다. '죄와 복은 지은 데 따라서 응보가 있다'는 설로써 답할 뿐이었다. 그는 여전히 마음속으로 받아들이지 못했다.

박생은 일찍이 〈일리론一理論〉이란 글을 지어서 자신을 깨우쳤다. 이단의 유혹에 빠지지 않기 위해서였다. 그 대략은 이렇다.

내가 일찍이 옛사람의 말을 들으니 '천하의 이치는 한 가지가 있을 뿐이다'라고 했다. 한 가지란 무엇인가? '두 가지가 아니다'라는 뜻

---

* 한유, 유종원   당나라 때 이름난 문장가들. 각각 스님인 태전, 손상인과 가까이 사귀었다.

이다. 이치란 무엇인가? '천성天性'을 말한다. 천성이란 무엇인가?

'하늘에서 주어진 것'이다.

하늘이 음양과 오행五行*으로 만물을 만들 때 기氣로써 형체를 이루

었는데, 이理 또한 타고나게 되었다. 이치란 것은 세상 모든 일이 저

마다 조리를 가지는 것이다. 예를 들면 아버지와 아들 사이에는 친

함을 다해야 하고, 임금과 신하 사이에는 의리를 다해야 하며, 남편

과 아내, 어른과 아이 사이에도 각기 당연히 행할 길이 있다. 이것이

바로 '도道'로, 우리 마음속에는 이 이치가 갖추어져 있다. 이 이치를

따르면 어디를 가더라도 불안하지 않지만, 거슬러서 천성을 어긴다

면 재앙이 미치게 된다. 궁리진성窮理盡性*은 이 이치를 연구하는 일

이고, 격물치지格物致知*도 이 이치에 이르는 일이다.

사람은 날 때부터 모두 이 마음을 가졌으며, 이 천성을 갖추었다. 천

하의 사물에도 이 이치가 모두 있다. 공허하고 신령한 마음으로 천

성의 자연을 따라 만물에 나아가 이치를 연구하고, 일마다 근원을

추구해 그 극치에 이르게 된다면 천하의 이치가 모두 나타나 분명해

질 것이며, 이치의 지극함이 마음속에 모두 들어찰 것이다.

---

* 음양과 오행　음양은 서로 반대되며 우주 만물을 이루는 두 가지 기운을 말한다. 달
과 해, 여자와 남자 등이 음과 양으로 구분된다. 오행은 만물을 이루는 다섯 가지 원
소로 금金·목木·수水·화火·토土다.
* 궁리진성　하늘의 이치를 깊이 연구하고 사람의 본성을 다하게 한다는 뜻
* 격물치지　사물의 이치를 연구해 지식을 완전하게 한다는 뜻

이러한 방법으로 미루어 본다면 천하와 국가에서 일어나는 일들이 모두 여기에 포괄되고 해당될 것이니, 천지 사이에 참여하더라도 어긋남이 없을 것이다. 귀신에게 물어보더라도 미혹되지 않을 것이며, 오랜 세월이 지나더라도 없어지지 않을 것이다. 유학자가 할 일은 오직 이에서 그칠 뿐이다. 천하에 어찌 두 가지 이치가 있겠는가? 저 이단의 말을 나는 믿지 않는다.

하루는 박생이 거실에서 등불을 켜고 《주역》을 읽다가 베개를 괴고 얼핏 잠이 들었다. 홀연히 한 나라에 이르고 보니 바로 바다 속에 있는 어떤 섬이었다.

그 땅에는 본디 풀이나 나무가 없고, 모래나 자갈도 없었다. 발에 밟히는 것이라고는 모두 구리 아니면 쇠였다. 낮에는 무서운 불길이 하늘까지 뻗쳐 땅덩이가 녹아내리는 듯했고, 밤에는 싸늘한 바람이 서쪽에서 불어와 사람의 살과 뼈를 에는 듯하니 몸이 그 애로를 견딜 수가 없었다.

바닷가는 쇠로 된 벼랑이 성처럼 둘러쌌는데, 굳게 잠긴 성문 하나가 덩그렇게 서 있었다. 문지기는 물어뜯을 것 같은 사나운 자세로 창과 쇠몽둥이를 쥐고 바깥에서 오는 자들을 막아섰다.

안에 사는 백성들은 쇠로 지은 집에 살았다. 낮에는 살이 문드러질 듯 뜨겁고 밤에는 얼어 터질 듯 추워서, 오직 아침저녁에만 꿈틀거리며 웃고 이야기했다. 별로 괴로워하는 것 같지는 않았다.

박생이 몹시 놀라 머뭇거리자 문지기가 그를 불렀다. 박생은 당황했지만 명을 어길 수 없어 공손하게 다가갔다. 문지기가 창을 곧추세우고 물었다.

"그대는 어떤 사람이오?"

박생은 두려워 떨면서 대답했다.

"저는 아무 나라에 사는 아무개인데, 세상 물정을 모르는 선비입니다. 감히 신령하신 나리를 모독했으니 죄를 받는 것이 마땅하겠지만, 너그러이 용서해 주십시오."

박생이 엎드려 두세 번 절하며 당돌하게 찾아온 것을 사죄하니 문지기가 말했다.

"'선비는 위협을 당해도 굽히지 않는다'고 하던데, 그대는 어찌 이처럼 비굴하게 구시오? 우리가 이치를 잘 아는 군자를 만나려 한 지가 오래되었소. 우리 왕께서 그대와 같은 군자를 한번 만나서 동방 사람들에게 한 말씀 전하려 하신다오. 잠깐만 앉아 계시면 내가 곧 우리 왕께 아뢰겠소."

말을 마치자 문지기는 빠른 걸음으로 성안으로 들어갔다. 얼마 뒤에 그가 나와서 말했다.

"왕께서 그대를 편전에서 만나시겠다니, 아무쪼록 정직한 말로 대답하시오. 위엄이 두렵다고 숨기면 안 되오. 우리나라 백성이 대도大道의 요지를 알게 해 주시오."

말이 끝나자 검은 옷과 흰옷을 입은 두 동자가 손에 문서를 가지고 나왔다. 하나는 검은 종이에 푸른 글자로 썼고, 다른 하나는 흰 종이에 붉은 글자로 쓴 것이었다. 두 동자가 문서들을 박생의 좌우에서 펴 보이기에 들여다보았더니, 박생의 이름이 붉은 글자로 쓰여 있었다.

현재 아무 나라 박 아무개는 이승에서 지은 죄가 없으므로, 이 나라 백성이 될 수 없다.

박생이 이 글을 보고 동자에게 물었다.

"무슨 까닭으로 나에게 이 문서를 보이는 것이오?"

동자가 말했다.

"검은 종이는 악인 명부고, 흰 종이는 선인 명부입니다. 선인 명부에 실린 사람은 왕께서 선비를 대하듯 예를 갖추어 맞이하십니다. 악인 명부에 실린 사람은 처벌하진 않지만 노예로 대우하십니다. 왕께서 만약 선비를 보시면 예를 극진히 하실 것입니다."

동자가 말을 마치더니, 명부를 가지고 들어갔다.

얼마 뒤에 바람같이 빠르고 화려한 수레가 왔다. 그 위에는 연꽃 모양의 자리가 있었다. 예쁜 동자와 시녀가 먼지떨이를 잡고 일산을 들었으며, 무사와 나졸들이 창을 휘두르며 '물렀거라!' 하고 외쳤다.

박생이 머리를 들고 멀리 바라보니 눈앞에 쇠로 만든 견고한 성이 세 겹으로 둘러쳐져 있었다. 높다란 궁궐이 금으로 된 산 아래 있었는데, 뜨거운 불꽃이 하늘까지 닿도록 이글거리며 타오르고 있었다. 길가에 다니는 사람들을 돌아보았다. 불꽃 속에서 녹아내린 구리와 쇠를 마치 진흙이라도 밟듯이 딛고 다녔다. 그러나 박생 앞에 수십 걸음쯤 뻗은 길은 숫돌같이 평탄했으며 흘러내리는 쇳물이나 뜨거운 불도 없었다. 아마도 신통한 힘으로 바꾸어 놓은 것 같았다.

왕이 머무는 궁에 이르니 사방의 문이 활짝 열려 있었다. 연못가에 있는 누각 모습이 하나같이 인간 세계의 것과 다르지 않았다. 아름다운 두 여인이 마중 나와서 절하더니, 박생을 모시고 들어갔다.

왕은 머리에 통천관通天冠을 쓰고 허리에 문옥대文玉帶를 둘렀으며, 손에는 규珪를 잡고 뜰아래까지 내려와서 맞이했다.* 박생이 땅에 엎드려 쳐다보지도 못하자 왕이 말했다.

"서로 사는 곳이 달라서 내가 그대를 다스릴 수는 없소. 이치에 통달한 선비가 어찌 위세 때문에 자기 몸을 굽힌단 말이오?"

왕이 박생의 소매를 잡고 궁궐 전각 위로 올라와 특별히 한 자리를 마련해 주었다. 옥 팔걸이가 달린 황금 의자였다. 자리를 잡자 왕이 시중드는 자를 불러 차를 올리게 했다. 박생이 곁눈질했더

---

* 통천관, 문옥대, 규 통천관은 임금이 나라 행정을 볼 때 쓰는 관, 문옥대는 아름다운 광채가 나는 옥띠다. 규는 나라에 큰일이 있을 때 임금이 들고나와 신표로 삼은 홀이다.

니, 차는 구리를 녹인 물이었고 과일은 쇠로 만든 알맹이였다.

놀랍고 두려웠지만 피할 수가 없어 그들이 어떻게 하나 보고만 있었다. 시중드는 자가 다과를 앞에 올려놓으니 향기로운 차와 맛있는 과일의 아름다운 향내가 온 궁 안에 퍼졌다. 차를 다 마시자 왕이 박생에게 말했다.

"선비께서는 이 땅이 어디인지 모르실 테지요. 속세에서 염부주라고 하는 곳이오. 왕궁 북쪽에 있는 산이 바로 옥초산沃焦山*이지요. 이 섬은 하늘의 남쪽에 있어 남염부주라 부르오. '염부'라는 말은 불꽃이 활활 타서 언제나 공중에 떠 있기 때문에 붙은 이름이고 내 이름은 염마燄魔라고 하오. 불꽃이 내 몸을 휘감고 있기 때문에 그렇게 부르는 것이오. 내가 이 땅의 왕이 된 지가 벌써 만여 년인데, 너무 오래 살다 보니 신령스러워져 마음 가는 대로 해도 신통하지 않음이 없고, 하고 싶은 대로 해도 뜻대로 되지 않은 적이 없소. 창힐蒼頡*이 글자를 만들 때 우리 백성을 보내 통곡하게 했고, 석가가 부처가 될 때 우리 무리를 보내 지켜 주었소. 그러나 삼황오제三皇五帝*와 주공周公, 공자孔子는 자기의 도를 지켜 나

* 옥초산   큰 바다 속에 있다는 상상의 돌산. 바닷물이 늘지 않는 것은 이 산을 이루고 있는 옥초라는 돌이 무간지옥의 불기운 때문에 늘 뜨겁게 타며 바닷물을 흡수하기 때문이라고 한다.
* 창힐   새와 짐승의 발자국을 본떠 처음으로 문자를 만들었다고 전해지는 인물
* 삼황오제   중국의 전설에 나오는 세 임금(태호 복희씨, 염제 신농씨, 황제 유웅씨)과 다섯 임금(소호, 전욱, 제곡, 요임금, 순임금)

는 그 사이에 설 수 없었소."

박생이 물었다.

"주공과 공자와 석가는 어떤 사람들입니까?"

왕이 말했다.

"주공과 공자는 중국 문명에서 탄생한 성인이고, 석가는 서역西域*의 간사하고 흉악한 민족 가운데서 탄생한 성인이오. 중국의 문명이 발달했다 하더라도 성품이 잡된 사람도 있고 순수한 사람도 있으므로, 주공과 공자가 이들을 통솔했소. 간사하고 흉악한 민족이 비록 어리석고 사리에 어둡다 하더라도 기질이 날카로운 사람도 있고 둔한 사람도 있으므로, 석가가 이들을 일깨워 주었소. 주공과 공자의 가르침은 올바른 도리로써 사악한 도리를 물리치는 일이었고, 석가의 법은 사악한 도리로써 사악한 도리를 물리치는 일이었소. 그러므로 올바른 도리로써 사악한 도리를 물리친 주공과 공자의 말씀은 정직했고, 사악한 도리로써 사악한 도리를 물리친 석가의 말씀은 허황했소. 주공과 공자의 말씀은 정직하므로 군자들이 따르기 쉬웠고, 석가의 말씀은 허황하므로 소인들이 믿기 쉬웠던 것이오. 그러나 지극한 경지에 이르면 모두 군자와 소인이 마침내 올바른 도리로 돌아가게 한다오. 세상을 의심하게 하고 백

* 서역　중국 서쪽에 있던 여러 나라를 통틀어 이르는 말. 넓게는 중앙아시아, 서아시아, 인도를 포함한다.

성을 속여 이단의 도리로 그릇되게 하려는 것은 아니오."

박생이 또 물었다.

"귀신이란 어떤 것입니까?"

왕이 말했다.

"'귀鬼'는 음의 영이고, '신神'은 양의 영이오. 귀신은 대개 조화의 자취요, 음양의 타고난 능력이지요. 살아 있을 때는 '인물'이라하고 죽은 뒤에는 '귀신'이라 하지만 그 이치는 다르지 않소."

박생이 말했다.

"속세에서는 귀신에게 제사 지내는 예법이 있는데, 제사를 받는 귀신과 조화를 만드는 귀신은 다릅니까?"

"다르지 않소. 선비는 어찌 그것도 알지 못하시오? 옛 선비가이르기를 '귀신은 형체도 없고 소리도 없다'고 했소. 그러나 물질이 끝나고 시작됨은 음양이 어울리고 흩어지는 데 따르는 것이고, 하늘과 땅에 제사 지냄은 음양의 조화를 존경하는 것이며, 산천에 제사 지내는 것은 음양의 변화가 오르내림에 보답하려는 것이오. 조상께 제사 지내는 것은 근본에 보답하기 위해서고, 여섯 신*에게 제사 지내는 것은 재앙을 면하기 위해서지요. 이런 제사들은 모두 사람들이 공경하는 마음을 갖게 하기 위해서 지내는 것이오. 이

---

* 여섯 신　동서남북과 중앙의 다섯 방위를 수호하는 신. 청룡은 동쪽, 백호는 서쪽, 주작은 남쪽, 현무는 북쪽, 구진과 등사는 중앙을 지킨다.

귀신들이 형체가 있어서 인간에게 화와 복을 함부로 주는 것은 아니오. 그렇지만 사람들은 향을 사르고 슬퍼하면서 마치 귀신이 옆에 있는 것처럼 지내지요. '귀신은 공경하면서도 멀리하라'고 하신 공자의 말씀은 바로 이러한 태도를 일러 주신 것이오."

박생이 말했다.

"인간 세계에 흉악한 기운과 요사스러운 도깨비가 나타나서 사람을 해치고 마음을 홀리는 일이 있는데, 이 또한 귀신이라고 말할 수 있습니까?"

왕이 말했다.

"귀鬼는 굽힌다[屈]는 뜻이고, 신神은 편다[伸]는 뜻이오. 굽히되 펼 줄 아는 것은 조화의 신이며, 굽히되 펼 줄 모르는 것은 나쁜 기운이 뭉쳐 있는 요물들이지요. 조화의 신은 천지 만물의 변화와 어우러지므로 처음부터 끝까지 음양과 함께하며 자취가 없소. 이에 비해 요물은 나쁜 기운이 뭉쳐 있으므로 사람과 동물에 뒤섞여 원망을 품고 형체를 가지고 있소. 산에 있는 요물을 소魈라 하고, 물에 있는 요물을 역魊이라 하며, 수석에 있는 요괴는 용망상龍罔象이라 하고, 목석에 있는 요괴는 기망량夔魍魎이라 하오. 만물을 해치는 요물은 여厲라 하고 만물을 괴롭히는 요물은 마魔라 하며, 만물에 붙어 있는 요물은 요妖라 하고 만물을 미혹시키는 요물은 매魅라 하오. 이들이 모두 귀鬼요. 《주역》에 '음양의 변화를 헤아릴 수 없는 것을 신神이라고 한다' 했으니 이것이 바로 신이오. 신이란 묘한 쓰임을 말하는 것이고, 귀란 근본으로 돌아가는 것을 말하오. 하늘과 사람은 한 이치고 드러난 것과 숨겨진 것에는 간격이 없으니, 근본으로 돌아가는 것을 정靜이라 하고 천명을 회복하는 것을 상常이라 하오. 처음부터 끝까지 조화와 함께하면서도 그 조화의 자취를 알 수 없는 것이 있으니, 이것을 바로 도道라고 한다오. 그러므로 《중용》에서도 '귀신이 덕이 크다'고 한 것이지요."

박생이 또 물었다.

"제가 일찍이 부처를 믿는 자들에게서 '하늘 위에는 천당이라는 쾌락한 곳이 있고, 땅 아래에는 지옥이라는 고통스러운 곳이 있다'고 들었습니다. 그리고 '죽은 사람이 생전에 지은 죄가 많은지 적은지를 심판하는 열 명의 대왕*을 저승에 배치해 열여덟 곳의 지옥에 있는 죄인들을 다스린다'고 들었습니다. 정말 그렇습니까? 또 '사람이 죽은 지 칠일 뒤에 부처님께 공양드리고 재를 베풀어 그 영혼을 천도하고, 대왕께 정성 드리며 지전을 사르면 지은 죄가 벗겨진다'고 합니다. 간사하고 포악한 자들도 왕께서는 너그럽게 용서하신단 말입니까?"

왕이 깜짝 놀라면서 말했다.

"나는 그런 말을 들은 적이 없소. 옛사람이 말하기를 '한 번 음

---

* 열 명의 대왕 진광왕, 초강왕, 송제왕, 오관왕, 염라왕, 변성왕, 태산왕, 평등왕, 도시왕, 오도전륜왕. 시왕十王이라고도 한다.

이 되고 한 번 양이 되는 것을 도道라고 한다' '한 번 열리고 한 번 닫히는 것을 변變이라고 한다' '낳고 또 낳음을 역易이라 하고' '망령됨이 없음을 성誠이라 한다'고 했소. 일의 이치가 이와 같은데 어찌 건곤乾坤 밖에 다시 건곤이 있으며, 천지 밖에 또 천지가 있겠소? 왕이란 만백성이 믿고 의지하는 자를 말하오. 하夏, 은殷, 주周 삼대三代 이전에는 모든 백성의 군주를 다 왕이라 불렀고 다른 이름으로는 부르지 않았소. 그러다 공자께서 《춘추》를 편찬하실 때 오랜 세월 바꿀 수 없는 커다란 법을 세우며 주나라 왕실을 높여 천왕天王이라 했소. 그러니 왕이라는 이름보다 더 높일 수는 없지요. 그런데도 진나라 왕이 여섯 나라*를 멸망시키고 천하를 통일한 뒤, '나의 덕은 삼황을 겸하고 공은 오제보다 높다' 하며 왕이라는 칭호를 고쳐 황제皇帝라고 했소. 당시에는 분수에 넘치게 왕이라고 일컫는 자들이 아주 많았다오. 위나라와 초나라 군주가 그러했지요. 그 후부터 왕이라는 명분이 어지러워져서 문왕, 무왕, 성왕, 강왕의 존호도 땅에 떨어지고 말았소. 인간 세계의 사람들이 아는 게 없어서 인정에 기대 서로 분에 넘치는 짓을 하는 건 말할 것도 못 되오. 그러나 신의 도는 여전히 존엄하니, 어찌 한 지역 안에 왕이 그같이 많겠소? 선비께선 '하늘에는 두 해가 없고 나라에

* 여섯 나라 중국 전국 시대에 각지를 나누어 가졌던 강대국 일곱 중 진나라를 제외한 여섯 나라. 초楚, 제齊, 연燕, 한韓, 위魏, 조趙를 가리킨다.

는 두 임금이 없다'는 말을 듣지 못했소? 부처를 믿는 자들의 말은 믿을 게 못 되오. 재를 베풀어 영혼을 천도하고 대왕에게 제사 지낸 뒤 지전을 사르는 짓을 왜 하는지, 나는 그 까닭을 모르겠소. 선비께서 인간 세계의 거짓된 일들을 상세히 이야기해 주시오."

박생이 자리에서 물러나 옷자락을 여미고 말했다.

"인간 세계에서는 어버이가 돌아가신 지 사십구일이 되면 지위가 높든지 낮든지 가리지 않고 초상과 장사의 예를 돌보지 않습니다. 오로지 절에 가서 재를 올리는 것만 일삼지요. 부자는 지나치게 많은 돈을 쓰면서 남이 듣고 보는 데서 자랑하고, 가난한 사람도 논밭과 집을 팔고 돈과 곡식을 빌립니다. 종이를 아로새겨 깃발을 만들고 비단을 오려 꽃을 만들며, 여러 스님들을 공양해 복을 구하고 불상을 세워 어리석은 중생에게 바른길을 깨우쳐 주는 스님으로 삼습니다. 부처의 공덕을 찬미하는 노래를 하고 불경을 외우지만 새가 울고 쥐가 찍찍대는 것 같아서 무어라 말할 수가 없습니다. 상주喪主는 아내와 자식들을 거느리고 친척과 벗들까지 불러들입니다. 남녀가 뒤섞여서 똥오줌이 널리게 되니, 정토淨土는 더러운 뒷간으로 바뀌고 적량寂場은 시끄러운 시장 바닥으로 바뀝니다.* 또 이른바 시왕상을 모셔 놓고 음식을 갖추어 제사 지

---

* 정토, 적량 정토는 부처와 보살이 사는 곳으로 번뇌의 속박을 벗어난 깨끗한 땅을 말한다. 적량은 적멸도량寂滅道場의 준말로 부처가 깨달음을 얻은 곳을 가리킨다. 여기서는 모두 절을 뜻한다.

내고 지전을 불살라 죄를 없애려 합니다. 시왕이 예의를 돌보지 않고 탐욕스럽게 이를 받아야 하겠습니까? 아니면 법도를 살펴서 법에 따라 이들을 무겁게 벌해야 하겠습니까? 이것이 제게는 분통터지는 일이었지만 차마 말하지 못했습니다. 대왕께서는 저를 위해 말씀해 주십시오."

왕이 말했다.

"아아, 그렇게까지 되었구려. 사람이 이 세상에 태어날 때 하늘은 어진 성품을 주시고, 땅은 생명을 주어 길렀소. 임금은 법으로 다스리고, 스승은 도의를 가르쳤으며, 어버이는 은혜로 길러 주었소. 이로 말미암아 오륜五倫*에 차례가 있고 삼강三綱*이 문란하지 않게 되었으니, 삼강오륜을 잘 따르면 상서로운 일이 생기고 이를 거스르면 재앙이 온다오. 상서와 재앙은 사람이 삼강오륜을 어떻게 받아들이느냐에 달려 있을 뿐이오. 사람이 죽으면 정신과 기운이 흩어져 영혼은 하늘로 올라가고 몸뚱이는 땅으로 내려가 근본으로 돌아가는데, 어찌 다시 어두운 저승에 머물러 있겠소? 원한을 품거나 원망하는 혼령과 뜻밖의 변을 당해 요절한 귀신은 올바르게 죽지 못해 그 기운을 펴지 못하는 것이라오. 모래밭 싸움터에서 시끄럽게 울기도 하고, 목숨을 잃어 원한 맺힌 집에서 처량하게

* 오륜   사람이 지켜야 할 도리(부자유친, 군신유의, 부부유별, 장유유서, 붕우유신)
* 삼강   임금과 신하, 부모와 자식, 남편과 아내 사이에 지켜야 할 도리(군위신강, 부위자강, 부위부강)

울기도 하지요. 무당에게 억울한 사정을 호소해 보기도 하고, 어떤 사람에게 의지해 원망해 보기도 하는데, 비록 그 당시에는 정신이 흩어지지 않는다 하더라도 결국에는 다 없어지고 만다오. 그들이 어찌 저승에 잠깐 형체를 나타내서 지옥의 벌을 받겠소? 이런 일은 사물의 이치를 연구하는 군자가 마땅히 알아 두어야 할 일이오. 부처에게 재를 올리고 시왕에게 제사 지내는 일은 더욱 허황하구려. '재'란 정결하게 한다는 뜻이오. 정결하지 못한 것을 위해 재를 올려 정결하게 만드는 일인데, 부처는 청정함을 일컫는 칭호이고 왕은 존엄함을 일컫는 칭호라오. 왕이 수레와 금을 요구한 일은 《춘추》에서 비판받았고, 불공드릴 때 돈과 명주를 사용한 일은 한나라나 위나라 때에 와서 시작되었소. 어찌 청정한 신이 인간 세계의 공양을 받고, 존엄한 왕이 죄인의 뇌물을 받으며, 저승의 귀신이 인간 세계의 형벌을 용서하겠소? 이 또한 이치를 연구하는 선비가 마땅히 생각해 볼 일이오."

박생이 또 물었다.

"사람이 윤회를 그치지 않아, 이승에서 죽으면 저승에서 산다는 뜻을 설명해 주시겠습니까?"

왕이 말했다.

"정령이 흩어지지 않았을 때는 윤회가 있을 듯하지만, 오래되면 흩어져 소멸되오."

박생이 말했다.

"왕께서는 무슨 인연으로 이 이국에서 왕이 되셨습니까?"

왕이 말했다.

"나는 인간 세상에 있을 때 왕에게 충성을 다하며 힘써 도적을 토벌했소. '죽은 뒤에도 마땅히 사나운 귀신이 되어 도적을 죽이리라'고 스스로 맹세했다오. 그런데 아직 그 소원이 다 이루어지지 않았고 충성심이 사라지지 않았기에 이 흉악한 곳에 와서 왕이 된 것이오. 지금 이 땅에 살면서 나를 우러러보는 자들은 모두 전생에 부모나 임금을 죽인 간사하고 흉악한 무리들이오. 이곳에 의지해 살면서 내 통제를 받아 그릇된 마음을 고치려 하고 있소. 정직하고 사심이 없는 사람이 아니면 하루도 이곳에서 왕 노릇을 할 수 없소. 내가 들으니 그대는 정직하고도 뜻이 굳어 인간 세계에 있으면서 지조를 굽히지 않았다고 하니, 참으로 달인達人이오. 그런데도 그 뜻을 세상에 한 번도 펴 보지 못했으니 마치 형산의 옥*이 티끌 덮인 벌판에 내버려지고 명월주가 깊은 못에 잠긴 것과 같구려. 뛰어난 장인을 만나지 못하면 누가 지극한 보물을 알아보겠소? 이 어찌 안타까운 일이 아니겠소? 나는 시운이 다해 장차 이 자리를 떠나야 한다오. 그대 또한 운명이 다해 곧 쑥 덤불 사이에 묻힐 것이오. 그러니 이 나라를 맡아 다스릴 분이 그대가 아니면 누구겠

---

* 형산의 옥 '천하의 귀중한 보배'라는 뜻. 춘추 시대에 변화라는 초나라 사람이 형산에서 옥을 얻었는데 아주 커다랗고 값비싼 보물로 밝혀졌다는 이야기에서 유래했다.

소?"

그러고는 잔치를 열어 극진히 즐겁게 해 주었다.

왕이 박생에게 삼한三韓이 흥하고 망한 자취를 물었다. 박생이 하나하나 이야기했다. 고려가 창업한 이야기에 이르자, 왕은 두세 번이나 탄식하며 서글퍼하더니 말했다.

"나라를 다스리는 이가 폭력으로 백성을 위협해서는 안 되오. 백성들이 두려워하며 따르는 듯하나 마음속으로는 반역할 뜻을 품고 있소. 날이 가고 달이 가면 커다란 재앙이 일어나게 된다오. 덕이 있는 사람은 힘을 가지고 임금 자리에 나아가지 않소. 하늘이 임금이 되라고 간곡하게 말하지는 않지만, 그가 올바르게 일하는 모습을 백성에게 보여 주면 백성의 뜻에 의해 임금이 되게 하니 상제上帝의 명은 참으로 엄하오. 나라는 백성의 나라이고, 명령은 하늘의 명령이오. 천명이 떠나가고 민심이 떠나간다면, 임금이 비록 제 몸을 보전하려고 하더라도 어찌 할 수 있겠소?"

박생이 또 역대 제왕들이 불교를 숭상하다가 재앙을 입은 이야기를 하자, 왕이 문득 이맛살을 찌푸리며 말했다.

"백성이 임금의 덕을 노래하는데도 큰물과 가뭄이 닥치는 것은 하늘이 임금으로 하여금 근신하라고 경고하는 것이오. 백성이 임금을 원망하고 탄식하는데도 상서로운 일이 나타나는 것은 요괴가 임금에게 아첨해 더욱 교만 방자하게 만드는 것이오. 제왕들에게 상서로운 일이 나타났다고 해서 백성이 편안해질 수 있겠소?

원통하다고 말할 수 있겠소?"

박생이 말했다.

"간신이 벌 떼처럼 일어나 큰 난리가 자주 생기는데도 임금이 백성을 위협하고 위엄 부리는 것을 잘한 일로 여겨 명예를 구하려 한다면, 그 나라가 어찌 평안할 수 있겠습니까?"

왕이 한참 있다가 탄식하며 말했다.

"그대의 말씀이 옳소이다."

잔치가 끝나자 왕이 박생에게 왕위를 물려주기 위해 손수 글을 지었다.

> 염주의 땅은 실로 풍토병이 생기는 곳이라 우임금*의 발자취도 이르지 못했고, 목왕*의 준마도 오지 못했다. 붉은 구름이 해를 가리고 독한 안개가 하늘을 막고 있으며, 목이 마르면 뜨거운 구리물을 마셔야 하고 배가 고프면 불에 달구어진 뜨거운 쇳덩이를 먹어야 한다. 사람을 해치는 귀신인 야차나 나찰이 아니면 발붙일 곳이 없고, 도깨비가 아니면 그 기운을 펼 수가 없는 곳이다. 불길에 휩싸인 성이 천 리나 뻗어 있고 쇠로 된 산이 만 겹이나 휘감고 있다. 백성의 풍속이 드세고 사나워서, 정직하지 않으면 그 간사함을 판단할 수

---

* 우임금   하나라 우임금은 홍수를 다스리기 위해 중국 곳곳을 돌아다녔다.
* 목왕   주나라 목왕은 빠르게 잘 달리는 말 여덟 마리를 타고 나라 전역을 누볐다.

없다. 땅의 형세도 요철이 심해 험준하니, 신령하고 위엄 있는 사람이 아니면 이들을 선한 방향으로 이끌 수 없다.

아아! 동쪽 나라에서 온 그대, 박 아무개는 정직하고 사심이 없으며 강직하고 결단력이 있다. 마음속에 아름다운 덕을 갖추고 있으며, 어리석은 자를 일깨우는 재주도 지니고 있다. 인간 세계에 살아 있을 때는 비록 이름을 드러내지 못했지만, 죽은 뒤에는 기강을 바로잡을 수 있을 것이다. 모든 백성이 길이 믿고 의지할 자가 그대가 아니면 누구이겠는가?

마땅히 도덕으로 인도하고 예법으로 통솔해 백성을 지극한 선의 경지에 이르게 하라. 몸소 실천하고 마음으로 깨달아 세상을 태평하게 만들어라. 하늘을 본받아 법을 세우고, 요임금이 순임금에게 임금 자리를 물려준 일을 본받아 나도 이 자리를 그대에게 물려주노니 아아, 그대는 삼갈지어다.

박생이 조서를 받아 들었다. 일어나고 나아가는 모든 행동을 예법에 맞게 하며 두 번 절하고 물러나 나왔다. 왕은 다시 신하와 백성에게 명을 내려 축하드리게 하고, 그를 태자의 예로써 전송하게 했다.

그러고는 박생에게 말했다.

"머지않아 다시 돌아오셔야 하오. 이번에 가거든 수고롭지만 내가 한 말들을 인간 세계에 전해 주시오. 널리 퍼뜨려서 황당한 일들을 다 없애 주시오."

박생이 또 두 번 절해 감사드리며,

"만분의 하나라도 어찌 그 뜻을 널리 전하지 않겠습니까?" 하고 문을 나섰다. 그런데 수레를 끄는 자가 발을 헛디뎌 수레가 넘어졌다. 그 바람에 박생도 땅에 쓰러졌다. 깜짝 놀라서 일어나 깨었다. 한바탕 꿈이었다.

눈을 떠 보니 책은 책상 위에 내던져 있고, 등잔불은 가물거리고 있었다. 한참 의아하게 여기다 장차 죽을 것을 알게 된 박생은 날마다 집안일을 정리하는 데 전념했다.

몇 달 뒤 그는 병에 걸렸다. 결코 일어나지 못할 것을 스스로 알았기에 의원과 무당을 사절하고 세상을 떠났다. 이날 저녁, 이웃집 사람의 꿈에 어떤 신령이 나타나서 이렇게 말했다고 한다. "네 이웃집 아무개가 장차 염라대왕이 될 것이다."

용궁 잔치에
초대받은
이야기

용궁부연록

龍宮赴宴錄

개성에 산이 있는데, 공중에 높이 솟아 가파르므로 '천마산天磨山'이라 불렸다.

그 산 가운데 깊은 못이 있으니 이름을 박연朴淵이라 했다. 못은 좁으면서도 깊어 몇 길이나 되는지 알 수 없다. 물이 넘쳐서 폭포를 이루었는데 그 높이가 백여 길은 되어 보였다. 경치가 맑고도 아름다워서 놀러 다니는 스님이나 나그네들이 반드시 구경했다.

옛날부터 이곳에 신령하고 기이한 것이 살고 있다는 전설이 문헌에 실려 있다. 나라에서는 해마다 때가 되면 산 짐승을 제물로 바치고 제사를 지냈다.

고려 때 한생이란 사람이 살았다. 젊어서부터 글을 잘 지어 조정에까지 알려지고 문학에 뛰어난 선비라는 평판이 있었다. 하루는 한생이 해가 저물 무렵 거실에 편안히 앉아 있었는데, 홀연히 푸른 저고리를 입고 복두를 쓴 낭관* 두 사람이 공중에서 내려와 뜰에 엎드려 말했다.

"박연에 계신 용왕님께서 모셔 오라고 하셨습니다."

한생이 깜짝 놀라 얼굴빛을 바꾸면서 말했다.

"신과 인간 사이에는 길이 막혀 있는데, 어찌 서로 통할 수 있겠소? 더군다나 용궁은 길이 아득하고 물결이 사나우니, 어찌 잘 갈 수가 있겠소?"

두 사람이 말했다.

"날쌘 말을 문 앞에 대기시켰으니 사양하지 마십시오."

이들은 몸을 굽혀 한생의 소매를 잡고 문밖으로 나섰다. 과연 갈기와 꼬리가 파르스름한 흰 말 한 마리가 있었다. 금 안장 옥 굴레에 누런 비단 띠를 배에 둘렀으며 날개가 돋쳐 있었다. 시중드는 자들은 모두 붉은 수건으로 이마를 싸매고 비단 바지를 입었는데, 열댓 명이나 되었다.

그들이 한생을 부축해 말 위에 태웠다. 깃발과 일산을 든 사람이 앞에서 인도하고 기생과 악공이 뒤를 따랐다. 낭관 두 사람도 홀을 잡고 따라왔다. 한생이 탄 말이 공중으로 올라 날기 시작하자 발아래에는 구름이 뭉게뭉게 이는 것만 보였다. 땅에 있는 것은 보

* 복두를 쓴 낭관 복두는 과거 급제자가 급제 증서를 받을 때 쓰던 관으로, 귀신도 이런 모자를 쓴다고 한다. 낭관은 왕을 경호하는 관리다.

이지 않았다.

눈 깜짝할 사이에 이미 용궁 문 앞에 이르렀다. 말에서 내려서자 작은 방게나 자라의 갑옷을 입은 문지기들이 모두 창을 들고 늘어섰는데, 그들의 눈자위가 한 치나 되었다. 한생을 보고는 모두 머리 숙여 절하고 의자를 내주며 쉬라고 했다. 미리부터 기다리고 있었던 것 같았다.

두 사람이 재빠르게 안으로 들어가서 아뢰었다. 곧바로 푸른 옷을 입은 동자 둘이 나와서 손을 마주 잡고 한생을 인도해 안으로 들어가게 했다. 한생이 천천히 걸어가면서 궁궐 문을 쳐다보니 현판에 '함인지문含仁之門'이라 쓰여 있었다.

한생이 그 문에 들어서자 용왕이 구름같이 높은 관을 쓰고 칼을 차고 홀을 쥐고서 뜰아래로 내려왔다. 한생을 맞이하고 섬돌을 거쳐 궁전에 올라가 앉기를 청했다. 수정궁 안에 있는 백옥상白玉床이었다. 한생이 엎드려 한사코 사양하며 말했다.

"아래 땅의 어리석은 백성은 초목과 함께 썩을 몸입니다. 어찌 신령한 분의 위엄을 더럽히고 외람되게 융숭한 대접을 받겠습니까?"

용왕이 말했다.

"오랫동안 선생의 명성을 듣다가 이제야 높으신 얼굴을 뵙게

---

* 함인지문 너그럽고 어진 마음을 품은 문

되었습니다. 이상하게 생각하지는 마십시오."

용왕이 손을 내밀어 앉기를 청했다. 한생은 서너 번 사양한 뒤 자리로 올라갔다. 용왕은 남쪽을 향해 일곱 가지 보물로 꾸민 화려한 평상에 앉았다. 한생이 서쪽을 향해 앉으려 하는데,* 채 앉기도 전에 문지기가 아뢰었다.

"손님이 오셨습니다."

용왕이 다시 문밖으로 나가서 맞이했다. 세 사람이 보였다. 붉은 도포를 입고 채색한 수레를 탄 위엄 있는 차림새와 시종들로 짐작하건대 왕의 행차 같았다. 용왕은 그들도 궁전 위로 안내했다. 한생은 들창 아래 비켜 있다가 그들이 자리를 정한 뒤 인사를 청하려 했다. 그런데 용왕이 세 사람에게 동쪽을 향해 앉기를 권한 뒤 말했다.

"마침 인간 세계에 계신 선비 한 분을 모셨으니, 여러분은 서로 이상하게 생각하지 마십시오."

용왕은 좌우의 사람들을 시켜 한생을 모셔 오게 했다. 한생이 종종걸음으로 나아가 절하자, 그들도 모두 머리를 숙이고 답례했다. 한생이 윗자리에 앉기를 사양하며 말했다.

"존귀하신 신들께서는 귀중한 몸이지만, 저는 한갓 가난한 선

---

* 한생이 서쪽을 향해 앉으려 하는데 우리나라에서는 오른쪽보다 왼쪽 자리를 더 높이 여겼다. 신하들 중 윗사람이 서쪽을 향해(동쪽에) 앉고, 우의정보다 좌의정이 높은 까닭이다. 임금의 경우 남쪽을 향해(북쪽에) 앉는다.

비일 뿐입니다. 어찌 높은 자리를 감당하겠습니까?"

한생이 굳이 사양하자 그들이 말했다.

"우리와 선생은 음양의 길*이 달라서 서로 통제할 권리가 없습니다. 용왕께서 위엄이 있으신 데다 사람을 보는 눈도 밝으시니, 그대는 반드시 인간 세계에서 문장의 대가일 것입니다. 용왕의 명이니 거절하지 마십시오."

용왕도 말했다.

"앉으시지요."

세 사람이 한꺼번에 자리에 앉자, 한생도 몸을 굽히며 올라가서 자리 끝에 꿇어앉았다. 용왕이 말했다.

"편히 앉으시지요."

다들 자리에 앉아 찻잔을 한 차례 돌린 뒤 용왕이 한생에게 말했다.

"과인은 오직 딸 하나를 두었을 뿐인데 이미 시집보낼 나이가 되었습니다. 장차 알맞은 사람과 혼례를 치르려고 하지만 우리가 사는 집이 누추합니다. 사위를 맞이할 집도 없고, 화촉을 밝힐 만한 방도 없습니다. 그래서 따로 별당 한 채를 지어 '꽃다운 인연을 맺는 집', 가회각佳會閣이라 이름 붙일까 합니다. 장인도 이미 모았

---

* 음양의 길　음계陰界와 양계陽界를 말한다. 양계는 인간 세계고 음계는 귀신의 세계, 곧 이승과 저승이다.

고 목재와 석재도 다 갖추었습니다. 아직 없는 것은 상량문上梁文* 뿐입니다. 소문에 들으니 선생의 이름이 삼한三韓에 널리 알려졌으며 금재주가 여러 선비 중 으뜸이라 하므로, 특별히 멀리서 모셔 온 것입니다. 과인을 위해 상량문을 지어 주시면 다행이겠습니다."

용왕의 말이 미처 끝나기도 전에 두 아이가 들어왔다. 한 아이는 푸른 옥돌벼루와 상강에서 자라는 얼룩무늬 대나무로 만든 붓을 받들었고, 한 아이는 흰 명주 한 폭을 받들었다. 한생 앞에 꿇어앉아 갖고 온 것을 바쳤다.

한생이 고개를 숙이고 엎드렸다가 일어나 붓에 먹물을 찍어 곧바로 상량문을 지어 냈다. 구름과 연기가 서로 얽힌 듯한 글씨였다. 내용은 이러했다.

삼가 생각해 보니 천지 안에서는 용신이 가장 신령스럽고, 인물 사이에는 배필이 가장 중하다. 용왕께서 이미 만물을 윤택하게 하신 공로가 있으니, 어찌 복 받을 터전이 없으랴? 그러므로 관저호구關雎好逑*는 만물이 조화되는 시초를 나타낸 것이며, 비룡이견飛龍利見*은 신령스러운 변화의 자취를 나타낸 것이다.

이에 새로 아방궁 같은 거대한 궁전을 지어 아름다운 이름을 높이

---

* 상량문　건물 기둥에 들보를 올리는 일을 기리고 축하하는 글
* 관저호구　아름다운 부부 관계를 상징하는 물수리에 빗대어 문왕 내외의 화합을 읊은 구절. 용왕 딸의 혼인을 축복하기 위해 쓴 말이다.

붙였다. 이무기와 자라를 불러 힘을 내게 하고, 조개를 모아 재목으로 삼았으며, 수정과 산호로 기둥을 세웠다. 용 뼈와 옥돌로 들보를 걸었으니 구슬발을 걷으면 높이 솟은 산이 푸르고, 백옥 들창을 열면 구름이 골짜기를 두르고 있다. 이곳에서 가족이 화합해 만년토록 복을 누릴 것이며, 부부가 화락해 귀한 자손이 억대에 뻗치리라. 용왕께서는 바람과 구름의 변화를 돕고 조화의 공덕을 나타내, 높은 하늘에 오를 때나 깊은 못에 있을 때나 백성의 목마름을 씻어 주고 물에 잠기거나 하늘로 튀어 오르거나 상제의 어진 마음을 도와주셨다. 그 기세가 천지에 떨치고 위엄과 덕망이 멀리까지 미치니, 검은 거북과 붉은 잉어는 뛰놀며 소리치고 나무귀신과 산도깨비도 차례로 와서 축하한다. 마땅히 짧은 노래를 지어 대들보에 걸어 두리라.

들보 동쪽으로 떡을 던지네.
울긋불긋 높은 산이 저 푸른 하늘을 버티었네.
하룻밤 우렛소리 시냇가를 뒤흔들어도
만 길 푸른 벼랑에는 구슬 빛 영롱해라.

들보 서쪽으로 떡을 던지네.

* 비룡이견   용왕의 신령함을 뜻한다. 《주역》 건괘의 "비룡재천飛龍在天 이견대인利見大人(나는 용이 하늘에 있으니, 대인을 만나기에 좋다)"에서 나온 말로, 성인이 임금 자리에 있으니 대인을 만나겠다는 의미다.

바위 안고 도는 길에 멧새들이 우짖네.

맑고 깊은 저 웅덩이는 몇 길이나 되려나.

한 이랑 봄 물결이 유리처럼 맑아라.

들보 남쪽으로 떡을 던지네.

십 리 솔숲에 푸른 노을이 비꼈구나.

굉장한 저 신궁을 그 누가 알까.

푸른 유리 밑바닥에 그림자만 잠겼구나.

들보 북쪽으로 떡을 던지네.

아침 햇살 처음 오르니 푸른 못이 거울 같아라.

흰 비단 삼백 길이 공중에 가로걸려

하늘 위 은하수가 이곳에 떨어졌나.

들보 위로 떡을 던지네.

흰 무지개 어루만지며 창공에서 노니누나.

발해와 부상[*]까지 천만리나 되지만

인간 세계 돌아보니 손바닥 같구나.

---

* 발해와 부상　발해는 북쪽 바다, 부상은 동쪽 바다를 가리킨다.

들보 아래로 떡을 던지네.

봄밭에 아지랑이가 어여쁘게 오르는구나.

신령한 물 한 방울 이곳에서 가져다가

온 누리에 단비 삼아 뿌려들 보소.

바라건대 이 집을 이룩한 뒤 화촉 밝히는 밤을 맞아 온갖 복이 함께 이르고, 온갖 좋은 일이 모여들게 하소서. 옥으로 꾸민 아름다운 궁전에 상서로운 구름이 찬란하고, 봉황 베개와 원앙 이불에 즐거운 소리가 들끓어, 그 덕이 나타나고 그 신령이 빛나게 하소서.

한생이 글을 다 써서 용왕에게 바치자 용왕이 크게 기뻐했다. 이내 세 신에게 돌려 보이니, 모두 떠들썩하게 탄복하며 칭찬했다. 이에 용왕은 글을 써 준 한생에게 감사하는 잔치를 열었다. 한생이 꿇어앉아 말했다.

"존귀한 신들께서 모두 모이셨는데, 아직 높으신 이름을 묻지 못했습니다."

용왕이 말했다.

"선생은 인간 세계의 사람이라 응당 모를 것입니다. 첫째 분은 조강신祖江神이고, 둘째 분은 낙하신洛河神이며, 셋째 분은 벽란신碧瀾神입니다.* 선생과 함께 놀아 볼까 해서 초대한 것이지요."

곧 술을 권하고 풍류를 시작하자, 미인 열댓 명이 푸른 소매를

흔들며 머리 위에 구슬 꽃을 꽂고 나왔다. 앞으로 나아왔다가 뒤로
물러났다가 춤을 추면서 〈벽담곡碧潭曲〉 한 가락으로 깊고 푸른
연못을 노래하는데, 그 가사는 이러했다.

　　　푸른 산은 창창하고

　　　푸른 못은 출렁거리네.

　　　흩날리는 폭포수는 우렁차게

　　　하늘 위 은하수까지 닿았구나.

　　　저 가운데 계신 임이여

　　　환패環佩* 소리 쟁쟁해라.

　　　그 위풍 빛나는 데다

　　　그 모습까지 뛰어나셔라.

　　　좋은 철 길한 날 잡아

　　　봉황새까지 울음 우는데,

　　　날아갈 듯 좋은 집 지었으니

　　　상서롭구나, 영장靈長이여!

　　　문학에 뛰어난 선비 모셔다가 상량문 지어

높은 덕을 노래하며 대들보 올리네.

향기로운 술을 부어 술잔 돌리니

날랜 제비 몸을 돌려 봄볕에 춤을 추네.

짐승 모양 향로는 상서로운 향내 뿜어내고

불룩한 돌솥에선 옥 미음이 끓는데,

목어木魚*를 둥둥 치고

용적龍笛*을 불며 행진하네.

높이 앉아 계신 신이여

지극한 덕을 잊지 못하리라.

춤이 끝나자 왼손에는 피리를 잡고 오른손에는 깃털 일산을 든 총각 열댓 명이 빙빙 돌고 서로 돌아보며 〈회풍곡回風曲〉 한 가락으로 회오리바람을 노래했다. 그 가사는 이러했다.

높은 언덕에 계신 임은

덩굴 얹고 새삼 걸치셨네.

날 저물어 물결 일렁이니

가는 무늬 비단 같아라.

* 목어 물고기 모양을 본떠 만든 나무 몸체에 가죽을 붙인 북
* 용적 용머리 모양의 피리

바람에 나부껴 귀밑머리 헝클어지고

구름은 뭉게뭉게 옷자락 너울거리네.

느긋하게 빙빙 돌다가

예쁘게 웃으며 마주치네.

내 입던 홑옷은 여울 위에 던져두고

내 찼던 가락지도 모래밭에 빼놓았네.

금잔디에 이슬 젖고

높은 산에 연기 아득한데,

높고 낮은 저 봉우리 멀리서 바라보니

강 위의 푸른 소라 같아라.

이따금 치는 징 소리에

나풀거리며 취해 춤추네.

강물처럼 술이 많고

언덕처럼 고기도 쌓여,

손님이 이미 취했으니

새 노래를 불러 보세나.

서로 잡고 서로 끌다가

서로 치며 껄껄 웃네.

옥 술병을 두드리며 마음껏 마셨더니

맑은 흥취 다하면서 슬픈 마음이 절로 나네.

춤이 끝나자 용왕이 기뻐하며 손뼉을 쳤다. 술잔을 씻어 다시금 술을 붓고 한생에게 권했다. 스스로 옥피리를 불면서 〈수룡음水龍吟〉* 한 가락을 노래해 즐거운 흥취를 도왔다. 그 가사는 이러했다.

음악 소리 가운데 술잔 돌리니

기린 모양 향로에서 용뇌향 연기 뿜어내네.

옥피리를 비껴 쥐고 한 소절 불자

하늘의 푸른 구름 씻은 듯 사라졌네.

소리가 물결치더니

가락이 풍월로 바뀌었네.

경치는 한가한데 인생은 늙어 가니

쏜살같이 빠른 세월 애달프기만 해라.

풍류도 꿈이러니

기쁨 다하면 시름만 생기네.

서산에 끼인 연기 이제 막 흩어지자

동산에 둥근달이 기쁘게도 찾아오네.

술잔을 높이 들어

푸른 하늘의 달에게 물어보세

추한 모습 고운 모습 몇 번이나 보았던가.

---

* 〈수룡음〉 이백의 시 중 "피리를 불자 물의 용이 노래한다"라는 구절에서 따온 제목

술잔에 술 가득한데

사람이 옥산같이 무너졌으니[*]

그 누가 넘어뜨렸나.

아름다운 우리 임을 위해

구름과 흙처럼 막혔던 십 년의 울적함 다 잊어버리고

푸른 하늘 높은 곳에 유쾌히 올라 보세.

용왕이 노래를 마치고는 좌우를 둘러보며 말했다.

"이곳의 놀음은 인간 세계와 같지 않으니, 그대들은 귀한 손님을 위해 솜씨를 보여라."

그러자 한 사람이 나타났다. 스스로 곽개사郭介士[*]라 하더니, 발을 들어 옆으로 걸어 나와 말했다.

"저는 바위틈에 숨어 사는 선비요, 모래 구멍에 사는 한가한 사람입니다. 팔월에 바람이 맑으면 동해 바닷가에 가서 벼 까끄라기를 실어 나르고, 구월 하늘에 구름이 흩어지면 남쪽에 있는 별 곁에서 빛을 머금었지요. 속은 누렇고 겉은 둥글며, 단단한 갑옷을 입고 날카로운 창을 가졌습니다. 늘 손발이 잘려서 솥에 들어갔으며, 정수리가 갈리면서도 사람을 이롭게 했습니다. 맛과 멋으로 장

---

[*] 사람이 옥산같이 무너졌으니   옥으로 만든 산이 무너지는 것처럼, 풍채 좋은 사람이 쿵 하고 쓰러졌다는 뜻
[*] 곽개사   게의 별칭

사들의 얼굴을 펴 주었고, 옆으로 움직이는 꼴을 보여 부인들에게
웃음을 주기도 했지요. 조나라 왕윤王倫은 물속에서 만나도 저를
미워했지만, 전곤錢昆은 지방에 나가 있으면서도 저를 생각했습니
다. 제가 죽어서는 필이부畢吏部의 손에 들어갔지만, 한진공韓晉公
의 붓으로 초상화가 남았습니다.* 오늘 이런 마당을 만나 놀게 되
었으니, 마땅히 다리를 흔들며 춤을 추어 보겠습니다."

곽개사는 곧 그 자리에서 갑옷을 입고 창을 잡아 쥐었다. 거품
을 내뿜고 눈을 부릅떴다. 눈동자를 돌리며 팔다리를 흔들더니, 비
틀비틀 앞으로 나아갔다 뒤로 물러서며 춤추었다. 몸짓이 음란한
팔풍무八風舞였다. 곽개사의 동료 수십 명도 빙빙 돌다가 엎드리
다가 하면서 절도 있게 춤을 추었다. 곽개사가 이내 노래를 지어
불렀다.

강과 바다에 몸을 붙여 구멍 속에 살지언정

기운을 토하면 범과도 다툰다네.

*　왕윤, 전곤, 필이부, 한진공　왕윤은 해계란 사람과 묵은 감정이 있었는데, 뒤에 해
계 형제를 잡았다. 다른 이들이 구하려고 하자 왕윤은 해계를 게에 빗대며 "나는 물
속에서도 게를 보면 미워하는데, 하물며 이들 형제가 나를 경멸하니 어떻겠느냐" 하
고는 죽었다. 한편 전곤은 지방에서 일하게 되자 "게만 있고 판관이 없는 곳이면 좋
겠다"라고 할 만큼 게를 좋아했다고 한다. 진나라 이부상서 필탁 또한 "왼손에는 게
의 집게발을 쥐고 오른손에는 술잔을 잡고서, 술 연못 가운데 떠 있으면 한평생을 마
칠 수 있겠다"라는 말을 남겼다. 당나라 화가 한진공은 특히 방게를 절묘하게 그렸다
고 한다.

이 몸이 구 척이니 나라님께도 바치고

종류가 열 가지니 이름도 많다네.

거룩하신 용왕님의 기쁜 잔치 참석해

열 발을 구르면서 옆으로 걸어가네.

못 속에 깊이 잠겨 혼자 있기 좋아하고

강나루 등불에 놀라기도 했지.

은혜를 갚으려고 구슬 눈물 흘렸던가?

원수를 갚으려고 창 뽑아 들었던가?

호수 다리에 사는 문벌 좋은 집안들은

무장공자無腸公子* 라 나를 비웃지만,

군자에게도 비할 만하니

덕이 배 속에 차서 내장이 누렇다네.

속이 아름다워 온 사지에 통하니

엄지발에 향이 맺혀 옥빛이 통통해라.

아아! 오늘 저녁은 어떤 저녁이기에

곤륜산 연못 술잔치에 내가 왔나.

용왕께서 머리 들어 노래하시자

손님들 취해 이리저리 걷네.

황금 궁전 백옥상에

---

* 무장공자 '속없는 놈'이라는 뜻

술잔 돌려 풍류 베푸니,

군산君山의 세 피리 묘한 소리를 내고

선부仙府의 아홉 주발에 신선의 술 가득 찼네.

산 귀신도 더덩실 춤을 추고

물고기들도 펄떡펄떡 뛰노네.

산에는 개암나무 진펄엔 씀바귀 있어*

그리운 우리 임을 잊을 수가 없어라.

그가 왼쪽으로 돌다가 오른쪽으로 꺾어지고, 뒤로 물러났다가 앞으로 달려가기도 하니, 자리에 가득 모였던 사람들이 모두 데굴데굴 구르면서 웃음을 참지 못했다.

그의 춤이 끝나자 또 한 사람이 나섰다. 스스로 현선생玄先生*이라고 하더니, 꼬리를 끌며 목을 빼고 기운을 뽐내다가 눈을 부릅뜨고 앞으로 나와 말했다.

"저는 시초蓍草* 그늘에 숨어 지내는 자요, 연잎에서 놀던 사람입니다. 낙수洛水에서 등에 물을 다스리는 글을 지고 나와 하나라 우임금의 공로를 나타냈습니다. 맑은 강물에서 그물에 잡혔으나

* 산에는 개암나무 진펄엔 씀바귀 있어   모든 생물이 각기 제자리를 얻었다는 뜻
* 현선생   고대 시에서는 거북을 현부玄夫라고 했다. 여기서 '현'이라는 성을 따온 것이다.
* 시초   톱풀. 점치는 데 썼다.

일찍이 송나라 원군元君을 위해 점을 치고 일흔 번을 모두 맞혀 그의 계책을 이루어 주었습니다. 비록 배를 갈라서 사람을 이롭게 해 주었지만 껍질 벗겨지는 것은 견뎌 내기 어렵습니다. 노나라 장공臧公*이 두공斗栱에 산을 새기고 동자기둥에 마름을 그린 것은 제 껍질을 소중히 여긴 것입니다. 돌 같은 내장에다가 검은 갑옷까지 입었으니, 제 가슴은 장사의 기상을 토해 냅니다. 노오盧敖가 만난 신선은 바다 위에서 제 등에 걸터앉아 바지락을 먹었습니다. 모보毛寶의 군사는 강 가운데서 저를 놓아준 덕에 물에 빠졌을 때 목숨을 구했습니다. 살아서는 태평성대를 아름답게 드러내는 보배가 되고, 죽어서는 좋은 길을 예언하는 보물이 되었습니다. 이제 입을 벌리고 기운을 토해 껍질 속 머리와 꼬리, 네 발에 천 년 쌓인 회포를 풀어 보렵니다.”

현선생이 그 자리에서 기운을 토하자 실오라기처럼 나부껴 길이가 백여 척이나 되었다. 이를 들이마시니 자취도 없었다. 선생은 목을 움츠려 사지 속에 감추기도 하고, 목을 길게 빼서 머리를 흔들기도 했다. 얼마 뒤에 앞으로 조용히 나아왔다. 천자의 아홉 가지 어진 정치를 칭송하는 구공무九功舞를 추며 혼자 나아갔다 물러났다 하더니, 이내 노래를 지어 불렀다. 그 가사는 이러했다.

---

* 노나라 장공 장문중. 그가 점치는 거북의 집을 화려하게 지었음을 보여 주는 대목이 《논어》〈공야장〉에 나온다.

산속 연못에 의지해 나 홀로 지내며

기운 내뿜고 들이마셔 오래 살고 있네.

천 년을 살면서 오색을 갖추고

열 꼬리 흔들며 가장 신령했네.

내 살아 진흙에서 꼬리를 끌지언정

죽어서 묘당廟堂에 간직되길 바라진 않는다네.

단약丹藥*을 만들지 않아도 오래 살며

도를 배우지 않아도 신령하기에,

천 년 만에 성스러운 임을 만나면

상서로운 징조들을 밝혀 드리네.

나는 물속 생물들의 어른인지라

연산連山과 귀장歸藏*의 이치를 연구해,

문자를 지고 나오니 숫자가 있었으며

길흉을 알려 주어 계책을 이루게 했네.

지혜가 많다 해도 불운은 어쩔 수 없고

능력이 많아도 못 미칠 일이 있네.

가슴을 쪼개고 등을 지지는 것 면치 못해

물고기를 벗 삼아 자취를 감추었다가,

---

* 단약   신선이 만든다는 신령스러운 약
* 연산과 귀장   중국의 경전이자 점치는 책인《역易》의 다른 이름들이다. 하나라의 역을 연산, 은나라의 역을 귀장, 주나라의 역을 주역이라 한다.

목을 빼고 발을 들어

높은 잔치 자리에 끼어들었네.

용왕님의 조화를 축하하려고

힘차게 붓을 뽑아 들자,

술 권하고 풍악 베풀어

즐거움이 끝이 없어라.

북을 치고 퉁소를 부니

골짜기에 숨은 새끼 용이 춤을 추네.

산도깨비들 모여들고

물귀신들도 모여드네.

온교* 처럼 무소뿔을 태우고

우임금의 솥* 으로 부끄럽게 했네.

앞뜰에서 서로 만나 춤추고 뛰어놀며

껄껄 웃기도 하고 손뼉도 치네.

해 저물자 바람 일어

물고기들 뛰놀고 물결 일렁이는데,

---

* 온교   진나라 사람. 채석강에 갔다가 물이 깊어 괴물이 많다는 소문을 듣고, 무소뿔을 태워 물속을 비추어 보았다.
* 우임금의 솥   우임금은 아홉 주의 쇠를 거두어 솥 아홉 개를 만들고 귀신의 모습을 그려 넣어 그 간사함을 알게 했다. 이후 백성들이 강이나 숲에 들어가도 귀신과 도깨비가 형체를 드러내지 못했다고 한다.

좋은 때를 늘 얻을 수 없어

내 마음 격앙되고 북받쳐 원통하구나.

　노래는 끝났지만 그래도 황홀했다. 발을 올렸다 내렸다 하며 춤을 추었다. 그 몸짓을 형용할 수가 없어, 자리에 가득한 사람들이 웃음을 참지 못했다.

　현선생의 놀음이 끝나자 숲속 도깨비와 산속 괴물들이 일어나 저마다 장기를 자랑했다. 누구는 휘파람 불고 누구는 노래를 불렀으며, 누구는 춤을 추고 누구는 피리를 불었다. 누구는 손뼉을 치고 누구는 뛰어올랐다. 노는 꼴은 저마다 달랐지만 소리는 같았는데, 그들이 지어 부른 노래는 이러했다.

용신께서 못에 계시다

이따금 하늘에 오르시네.

아아, 천만년 동안

기나긴 복을 누리소서.

귀하신 손님 맞으니

신선처럼 의젓하셔라.

새로 지은 노래를 즐기니

구슬을 꿰맨 듯해라.

옥돌에다 깊이 새겨

천년을 길이 전하리.

군자께서 돌아가신다 하니

아름다운 이 잔치를 베풀었네.

〈채련곡〉*을 노래하며

나풀나풀 춤을 추고,

두둥둥 쇠북을 두들기며

거문고 뜯어 화답하네.

뱃노래 권주가로

고래처럼 술 마시네.

예절 갖추어 놀면서도

즐겁고 허물이 없네.

　노래가 끝나자 강의 신들이 꿇어앉아 시를 지어 바쳤다. 그 첫째인 조강신의 시는 이러했다.

푸른 바다로 강물들 쉴 없이 흘러

힘차게 이는 물결 배를 가볍게 띄웠어라.

구름 흩어진 뒤 밝은 달은 포구에 잠기고

밀물 밀려들자 건들바람 섬에 가득해라.

* 〈채련곡〉　남녀의 사랑을 읊은 곡

날 따뜻해지자 거북과 물고기 한가롭게 나타나고

맑은 물살에 오리 떼들 제멋대로 떠다니네.

해마다 파도에 시달리던 이 몸이나

오늘 저녁 즐거움으로 온갖 근심 다 씻으리라.

둘째인 낙하신의 시는 이러했다.

오색 꽃 그림자 겹자리를 덮었고

대그릇과 피리들 차례로 벌여 두었네

운모雲母 휘장 두른 곳에 노랫소리 간드러지고

드리운 구슬발 속에서 나풀나풀 춤을 추네.

성스러운 용왕님이 어찌 못 속에만 계시겠나?

문학에 뛰어난 선비는 예로부터 자리 위의 보배로다.

어찌하면 긴 끈 얻어 지는 해를 잡아매고

아름다운 봄 햇살에 흠뻑 취해 지내려나.

셋째인 벽란신의 시는 이러했다.

용왕님 술에 취해 금빛 상에 기대셨는데

산 아지랑이 피어나고 이미 석양일세.

너울너울 고운 춤에 비단 소매 돌아가고

가느다란 맑은 노래 대들보를 안고 도네.

몇 년을 외로이 분개하며 은빛 섬을 뒤집었나

오늘은 함께 즐겨 백옥잔을 드소서.

흘러가는 이 세월을 아는 사람 없으니

예나 이제나 세상일은 너무나도 바빠라.

세 신이 짓기를 마치고 용왕에게 시를 바쳤다. 용왕이 웃으며 읽어 본 뒤 사람을 시켜 한생에게 주었다. 한생은 시를 받고 꿇어 앉았다. 세 번이나 거듭 읽으며 감상하고는 그 자리에서 이십 운의 장편시를 지어 성대한 일을 노래했다. 그 가사는 이러했다.

천마산이 은하수 위에 높이 솟아

폭포가 공중에 날아가네.

곧바로 떨어져 숲과 골짜기 뚫고

급하게 흘러 큰 시내 되었네.

물 가운데엔 달 잠기고

못 밑바닥엔 용궁 있어,

신기한 변화로 자취를 남기시고

하늘에 올라 공을 세우시네.

뭉쳐 고인 기운이 가는 안개 낳고

넓고 큰 기운이 상서로운 바람 일으키네.

하늘의 분부가 중해

청구靑丘[*]에 높은 작위 베푸셨으니,

구름 타고 하늘 궁궐에 조회하시고

청총마 달리며 비를 내리시네.

황금 대궐에서 잔치를 열고

옥 뜰에서 풍류를 벌이셨으니,

찻잔에는 노을 뜨고

연잎에는 붉은 이슬 젖네.

위엄 있는 태도도 정중하지만

예절과 법도는 더욱 높아,

옷차림에 고운 광채 찬란하고

환패 소리 쟁쟁해라.

물고기와 자라들 조회 드리고

큰 강의 신들도 모였으니,

조화가 어찌 그리 황홀하신지

숨은덕이 더욱 깊으셔라.

동산에서 북을 쳐 꽃을 피게 하고

술통 속에는 무지개를 띄웠네.

천녀는 옥피리 불고

---

*   청구   중국에서 우리나라를 일컫는 이름. '청'은 동쪽을 뜻한다.

서왕모는 거문고 타는데,

백 번 절하고 술잔 올리며

만수무강하시라 세 번 외지네.

얼음 같은 과일에다

수정 같은 채소까지,

온갖 진미에 배부르고

깊은 은혜는 뼈에 스며라.

신선의 이슬 마신 듯

봉래산에 구경 온 듯,

즐거움 다해 헤어지려니

풍류가 한바탕 꿈과 같구나.

한생이 시를 지어 바치자, 자리에 있던 사람들이 모두 감탄하고 칭찬해 마지않았다. 용왕이 감사하며 말했다.

"이 시를 마땅히 쇠와 돌에 새겨 우리 집의 보배로 삼겠습니다."

한생은 절하고 감사드린 뒤 앞으로 나가 용왕께 아뢰었다.

"용궁의 좋은 일들은 이미 다 보았습니다. 웅장한 건물들과 넓은 국토도 둘러볼 수 있겠습니까?"

"좋습니다."

한생이 용왕의 허락을 받고 문밖에 나왔다. 눈을 크게 뜨고 주위를 바라보는데, 오색구름이 휘감고 있는 것만 보여서 동서를 분별할 수가 없었다. 용왕은 구름을 불어 없애는 자에게 명해 구름을 쓸어버리게 했다. 한 사람이 궁전 뜰에서 입을 오므리며 한 번 불자 하늘이 환하게 밝아졌다. 산과 바위, 벼랑도 없고 넓은 세계만 바둑판처럼 보였는데 수십 리나 되었다. 아름다운 꽃과 나무가 그 가운데 줄지어 심겨 있고, 바닥에는 금모래가 깔려 있으며 주변에는 금으로 만든 성이 둘러쳐져 있었다. 그 행랑과 뜰에는 모두 푸른 유리벽돌을 깔아서 빛과 그림자가 서로 비쳤다.

용왕이 두 사람에게 한생을 이끌고 구경시켜 주라고 명했다. 한 누각에 이르렀는데, 이름은 '조원지루朝元之樓*'였다. 이 누각은 순전히 유리로 이루어졌고 진주와 구슬로 장식되었으며 황금색과 푸른색이 아로새겨져 있었다.

그 위에 오르니 마치 허공을 밟는 것 같았는데, 천 층이나 되었다. 한생이 위층까지 다 올라가려고 하자 사자가 말했다.

"여기는 용왕께서 신통력으로 혼자만 오르실 뿐입니다. 저희 또한 다 둘러보지 못했습니다."

누각의 위층은 구름 위에 솟아 있어 보통 사람이 올라갈 수는 없었다. 한생은 칠 층까지 올라갔다가 내려와 또 한 누각에 이르렀다. 그 이름은 '능허지각凌虛之閣'이었다. 한생이 물었다.

"이 누각은 무엇을 하는 곳입니까?"

* 조원지루 하늘에 조회하는 누각

"용왕께서 하늘에 조회하실 때 의장儀仗을 정돈하고 옷차림을
갖추는 곳이랍니다."

한생이 청했다.

"의장을 보고 싶습니다."

사자가 한생을 인도해 한 곳에 다다랐다. 물건 하나가 있었는
데, 마치 둥근 거울과 같았다. 번쩍번쩍 빛나니 눈이 어지러워 제
대로 살펴볼 수가 없었다. 한생이 말했다.

"이것은 무슨 물건입니까?"

"번개를 맡은 전모電母의 거울이지요."

또 북이 있었는데, 크고 작은 것이 서로 어울렸다. 한생이 이를
쳐 보려고 하자 사자가 말리며 말했다.

"이 북을 한 번 치면 온갖 물건이 모두 진동합니다. 이것은 우레
를 맡은 뇌공雷公의 북입니다."

또 한 물건은 풀무 같았다. 한생이 흔들어 보려고 하자 사자가
다시 말리면서 말했다.

"한 번 흔들면 산의 바위가 다 무너지며 큰 나무들도 다 뽑힙니
다. 이것은 바람을 일게 하는 풀무입니다."

또 한 물건이 있었는데 빗자루처럼 생겼고, 그 옆에는 물 항아
리가 있었다. 한생이 물을 뿌려 보려고 하자 사자가 또 말리면서
말했다.

"한 번 물을 뿌리면 홍수가 나서, 산이 잠기고 언덕까지 물이 차

오르게 됩니다."

한생이 말했다.

"그렇다면 어찌 구름을 불어 없애는 기구는 두지 않았습니까?"

"구름은 용왕의 신통력으로 되는 것이지, 기계를 움직여서 만들어 내는 것이 아니랍니다."

한생이 또 말했다.

"뇌공과 전모, 풍백風伯과 우사雨師는 어디에 있습니까?"

"천제天帝께서 깊숙하고 고요한 곳에 가두어 두고 돌아다니지 못하게 하셨지요. 용왕께서 나오시면 곧 모여든답니다."

그 나머지 기구들은 다 알 수가 없었다. 또 기다란 행랑이 몇 리쯤 잇따라 뻗어 있었는데, 문은 용의 모습을 새긴 자물쇠로 잠겨 있었다. 한생이 물었다.

"여기는 어디입니까?"

"용왕께서 일곱 가지 보배를 간직해 두신 곳입니다."

한생은 한참 동안 두루 돌아다니며 구경했지만, 다 둘러볼 수는 없었다. 한생이 말했다.

"그만 돌아가겠습니다."

사자가 말했다.

"그러시지요."

한생은 돌아가려 했으나 문들이 겹겹이 막고 있어 어디로 가야 할지 알 수 없었다. 사자에게 앞에서 인도해 주기를 부탁했다.

한생이 본디 있던 자리로 돌아와 용왕께 감사를 드렸다.

"대왕의 두터운 은덕을 입어 훌륭한 곳들을 두루 둘러보았습니다."

그가 두 번 절하고 작별하니, 용왕이 산호 쟁반에 야광주 두 알과 흰 비단 두 필을 담아서 노잣돈으로 주고 문밖에 나와 절하며 헤어졌다. 세 신도 함께 절하고 하직했다. 신들은 수레를 타고 곧바로 돌아갔다.

용왕이 다시 두 사자에게 명해 산을 뚫고 물길을 헤치는 무소뿔을 가지고 한생을 인도하게 했다. 한 사람이 한생에게 말했다.

"제 등에 올라타시고 잠깐 눈을 감고 계십시오."

한생이 그 말대로 하자, 한 사람이 무소뿔을 휘두르며 앞에서 인도했다. 마치 공중으로 날아가는 것 같았다. 오직 바람 소리와 물소리만 들렸는데 잠시도 끊어지지 않았다. 이윽고 소리가 그쳤다. 한생이 눈을 떠 보니 자기 몸이 거실에 드러누워 있었다.

문밖에 나와 보았다. 커다란 별이 드문드문했다. 동쪽이 밝아 오고 닭이 세 홰나 쳤으니, 오경쯤 된 것이었다. 재빨리 품속을 더듬어 보았다. 야광주와 비단이 있었다. 한생은 이 물건들을 비단 상자에 잘 간직했다. 귀한 보배로 여기면서 남에게 보여 주지도 않았다.

이후 그는 세상의 명예와 이익을 생각하지 않고 명산으로 들어갔다. 어찌 되었는지는 알 수가 없다.

《금오신화》를
읽는 즐거움

김영희 해설

《금오신화》는 조선 전기 김시습이라는 학자가 쓴 한문소설집입니다. 〈만복사저포기〉〈이생규장전〉〈취유부벽정기〉〈남염부주지〉〈용궁부연록〉의 다섯 작품이 실려 있지요.

《홍길동전》이나《춘향전》《박씨전》같은 여타의 고전소설처럼 독보적인 주인공이 등장해 역경을 이겨 내는 흐름이 아니다 보니, 여러분이 이 작품을 읽으며 어떤 생각을 했는지 궁금해요. "기대했던 내용이 아닌데?"라며 고개를 갸웃했을 수도 있겠다 싶고요.

'앞으로 나아가지 않기'를
선택하는 인물들

《금오신화》의 특징은 다른 고전소설과 견주어 보았을 때 더 강하게 드러납니다. 주인공이 도무지 성공하지 않거든요. 성공이 뭐

예요, 성장조차 하지 않는 것 같아요. 다섯 주인공은 모두 목숨을 잃거나 속세를 떠나 깊은 산속으로 사라집니다.

책이나 만화, 드라마, 영화에서 흔히 접하는 주인공들은 결말로 나아갈수록 성장합니다. 문학에서 말하는 성장은 '나'의 범위가 확장된다는 의미예요. 자신과 다르지 않다고 여기는 존재가 많아진다는 뜻이지요. 타인의 입장에 감정을 이입하고 함께 행동한다는 것입니다.

이를테면 홍길동은 율도국의 왕이 된 뒤 출신에 상관없이 능력 있는 사람에게 벼슬을 줍니다. 백성들이 걱정 없이 살도록 나라를 돌봅니다. 어린 길동이 서자 출신이라는 신세를 한탄하며 "아버지를 아버지라 부르지 못하니 평생 서럽습니다" 하고 통곡하던 장면을 떠올리면, 성인 길동의 행보는 그의 관심이 '나'를 벗어나 '타자'에 이르게 되었다는 점에서 분명 성장입니다. 자기와 같은 아픔을 겪지 않게 하겠다는 마음이 담긴 실천이니까요.

《금오신화》의 주인공들은 전혀 달라요. 세상을 스스로 버림으로써 누구에게도 영향을 미치지 않는 존재가 됩니다. 외부 세계와 담을 쌓는 이들의 결정은 성장과 반대 방향으로 보입니다. 《홍길동전》이 그리고 있는 주인공의 성장 양상을 따른다면 〈만복사저포기〉의 '양생'은 전란으로 희생된 '여인'의 억울함을 풀어 주기 위해 어떠한 행동이라도 했어야 해요. 하지만 그는 지리산에 들어가 약초를 캐며 조용히 여생을 보냅니다. 이런 방식으로 세상을 등지는 주인공의 선택은 나머지 네 작품에서도 일관되게 나타나지요.

취약한 세계에서
스스로를 지키는 법

우리를 둘러싼 세계의 구조는 그리 치밀하지 않습니다. 《금오신화》에 등장하는 인물들의 사연에는 세상의 취약함이 아주 잘 드러나요. 다들 안타깝고 슬픈 이야기를 품고 살지만 그 원인이 개인의 잘못이나 부족은 아니거든요.

'이생'은 사랑하는 여인 '최랑'과 결혼하고 문과에 급제해 벼슬에 올랐으나 홍건적의 침입으로 모든 것을 잃습니다(〈이생규장전〉). 왕족이었던 '기 씨 여인'은 위만의 반역으로 곤경에 처하고요(〈취유부벽정기〉). 매번 과거에 낙방하는 '박생'도 뭘 잘못했다고 할 수는 없어요. "언제나 자신을 격려"하면서 열심히 공부했잖아요(〈남염부주지〉).

인간의 삶은 의외로 꽤 허술한 기반에 발 딛고 있습니다. 이생을 보세요. 누가 봐도 완벽한 행복을 누리던 인생이 전쟁이라는 외부의 충격으로 한순간에 스러집니다. 과거 급제라는 박생의 바람 또한 타인의 인정과 허가를 받아야만 구할 수 있는 행복이니 불안정해요. 남에게 통과 선언을 받을 때까지 자기를 부족한 사람이라 여기며 아쉬워할 테니까요. 우리가 행복이라 믿는 대부분의 것은 사실 수면 위의 살얼음마냥 위태롭습니다. 거꾸로 말하면, 인간은 언제든 훼손될 수 있는 존재입니다.

바라는 방향대로 일이 풀리지 않는 《금오신화》의 인물들은 우리와 많이 닮아 있습니다. 늘 승리하는 길동과 같은 삶이 부럽긴 하지만 모두가 그런 잘나가는 인생을 살기는 어려워요.

외부 세계와 선을 긋는 주인공들의 선택은 자신이 훼손될 수 있는 현실에서 스스로를 구해 보겠다는 노력에 가깝습니다. 낙오자나 도태된 사람으로 비추어질 수 있지만 그 판단 또한 취약하고 허술한 외부의 기준에 따른 것입니다. 이들은 이미 자신의 기준으로 새롭게 구성한 세계를 꿈꾸고 있습니다. 다섯 주인공 중 속세를 등질 때 고통스러워하는 사람이 한 명도 없다는 사실에서 알 수 있어요. 오히려 몸과 주변을 정갈히 한 뒤 세상에서 사라질 날을 담담하고 초연하게 기다리지요.

> 눈을 떠 보니 책은 책상 위에 내던져 있고, 등잔불은 가물거리고 있었다. 한참 의아하게 여기다 장차 죽을 것을 알게 된 박생은 날마다 집안일을 정리하는 데 전념했다.
> 몇 달 뒤 그는 병에 걸렸다. 결코 일어나지 못할 것을 스스로 알았기에 의원과 무당을 사절하고 세상을 떠났다.

타인을 지향하는
다양한 방식

이러한 결말을 현실 도피로 보지 않는 까닭은《금오신화》의 주인공들이 다른 존재를 바라보고 있기 때문입니다. 정말로 '다른 존재'입니다. 인간이 아니거든요.

〈만복사저포기〉의 양생과 〈이생규장전〉의 이생은 각각 전쟁으로 목숨을 잃은 여인, 최랑과 사랑을 나눕니다. 〈취유부벽정기〉의 '홍생'은 왕조가 몰락한 후 선녀가 된 기 씨 여인을 만나고요. 〈남염부주지〉의 박생은 '염라대왕'과, 〈용궁부연록〉의 '한생'은 '용왕'과 교류합니다. 만남의 대상들은 인간이 아닌 정도가 아니라, 일반적으로 기피 대상인 존재들이에요. (저는 눈앞에 귀신이 나타나면 놀라기절할 거예요!)

흥미롭게도 주인공들은 이세계異世界의 존재를 마주했을 때 두려워하거나 거부하지 않습니다. 하나같이 자연스럽게 어울리지요. 상대가 귀신이건 선녀건 염라대왕이건 개의치 않습니다. 감정을 나누고 사상을 논하고 시를 주고받아요.

"이제, 추연이 피리를 불어 따뜻한 기운을 일으켰듯이 봄이 깊은 골짜기에 돌아왔습니다. 천녀의 혼이 이승으로 돌아왔듯이 저도 다시 이승으로 돌아오렵니다. 봉래산에서 십이 년 만에 만나자는 약속을 단단히 맺었고, 신선의 취굴聚窟에 삼생三生의 향이 향기로우니, 오랫동안 뵙지 못한 정을 되살려 과거의 맹세를 저버리지 않겠어요. 딩신이 지금도 그 맹세를 잊지 않으셨다면, 저도 끝까지 잘 모시고 싶습니다. 당신도 허락하시겠지요?"

이생은 기뻐하며 감격해서 말했다.

"그게 애당초 내 소원입니다."

타인을 지향하는 방법의 스펙트럼은 아주 다양합니다. 앞장서서 타인과 관계 맺을 수도 있지만, 《금오신화》의 주인공들처럼 상대를 있는 그대로 바라보는 일도 훌륭한 타인 지향의 방식 중 하나지요. 이들은 "엇, 귀신(선녀/염라대왕/용왕)이잖아?"라며 당황하지 않습니다. 상대를 나와 같은 존재로 바꾸려 하지도 않아요. 양생과 이생을 보세요. 정인情人이 귀신임에도 그저 사랑할 따름입니다. '저승에 갈 때가 되었다'고 말하면 눈물을 흘리지만 그들을 보내 주지요. 이보다 더 상대를 존중하는 행위가 어디 있겠어요. 다른 존재를 온전히 인정하는 일은 대상을 선입견 없이 있는 그대로 바라보는 태도에서 출발합니다. 그와 나의 다른 점은 차이일 뿐 잘못이 아니니까요.

《금오신화》는 초현실적인 존재들이 등장해 비현실적인 상황을 만드는 '전기소설傳奇小說'이지만, 각자의 결여를 가진 이들이 다른 존재와 손을 잡고 절뚝이며 살아가는 방법을 이야기합니다.

그렇기에 '현실적인' 작품이라고 할 수 있어요.

우리는 율도국 왕 홍길동처럼 하는 일마다 성공을 거두는 존재가 아니니 우리의 방식을 찾아야지요. 부족한 나를 인정하고 다른 존재들과 나란히 서는 것이, 결핍을 기본값으로 안고 사는 우리가 택할 수 있는 최고로 아름답고 멋진 방법 아닐까요. 그리고 그 또한 성장이라고 말하기에 충분합니다.

성장은 앞으로 나가지 않아도, 횡으로 자신을 확장하는 양상으로도 이루어진답니다.

'사건'을 경험한다는 것

소설과 옛이야기는 등장인물이 특정한 시공간에서 겪는 일을 그린다는 점에서 같습니다. 독자에게 재미와 교훈을 준다는 점도 비슷하지요. 둘의 차이는 소설의 등장인물이 '그 일'을 경험하며 전과 다른 존재가 된다는 점에서 일어납니다. 그래서 소설 속 인물이 겪는 일은 단순한 경험이 아니라 '사건'이라 불립니다.

옛이야기 '토끼와 거북이'에서는 느리지만 꾸준히 결승점을 향해 걸어간 거북이가 경주에서 승리합니다. 하지만 이 경험이 토끼와 거북이의 삶을 바꾸어 놓지는 않습니다. 토끼는 아쉬워하고, 거북이는 기뻐할 따름입니다. 등장하는 존재들의 변화가 나타나지 않으므로 이 이야기는 소설이 될 수 없습니다. 반면《금오신화》의 인물들은 작품 속에서 사건을 거치며 이전과 같은 삶을 살 수 없게 되지요. 우리나라 최초의 고전'소설'이라고 하는 이유입니다.

〈취유부벽정기〉는 옛 조선의 도읍인 평양을 배경으로 합니다. 작가는 작품의 도입에서 평양이 어떤 의미를 지닌 장소인지 자세히 설명해요. 하지만 주인공 홍생은 그런 역사적 의미에 큰 관심을 두지 않습니다. 단지 이성을 유혹하려고 평양에 온 것이었지요.

그는 젊은 나이와 외모, 재력 등 사람들이 부러워하는 것을 많이 가진 사람입니다. 현생에서 고난을 겪진 않아요. 그러나 술에 취해 찾은 부벽정에서 기 씨 여인을 만나 인간 삶의 무상함에 대한 시를 주고받은 뒤 완전히 다른 사람이 됩니다. 여성을 가벼운 연애 대상 정도로 여기고 온 세상이 자신의 발밑에 있다고 생각하던 사람이 기 씨 여인만을 마음에 품고 살다 병을 얻어 조용히 세상을 떠나지요. 양생, 이생과 같이 속세와의 단절을 택해요.

그런데 이 선택은 〈만복사저포기〉와 〈이생규장전〉처럼 '나는 운명의 짝을 만났어'라는 사랑의 완성을 의미하지 않습니다. 홍생과 기 씨 여인의 사랑이 성사된다는 암시가 나타나지 않거든요. 오히려 기 씨 여인이 홍생을 향해 철저히 선을 긋는 장면이 자주 반복됩니다. 홍생과 처음 만나는 장면에서 이미 "나는 꽃이나 달의 요물도 아니고 연꽃 위를 거니는 주희도 아니랍니다"라며 애정의 대상이 될 생각이 없음을 선언하지요. 술잔과 함께 나누는 시에는 인간 세계의 덧없음이 담겨 있을 뿐 상대에 대한 호감이나 유혹의 말이 묻어나지 않아요.

게다가 홍생이 세상을 등지는 건 기 씨 여인을 만나기 위해서가 아닙니다. 옥황상제에게 글 쓰는 재주를 인정받았기 때문입니다. 본인의 재능을 실현하기 위해 신선이 되는 거예요. 홍생의 꿈에 등장해 옥황상제의 부름을 전하는 "엷게 단장한 미인"이 기 씨 여인이 아니라는 것도, 이 소설이 사랑 이야기가 아니라는 추론의 근거가 됩니다.

〈취유부벽정기〉는 홍생이 자신을 발견하는 이야기입니다. 풍류를 즐기기만 했지, 역사와 세상일에 무심했던 그가 문인으로서의 재능을 찾고 그것을 실현하는 내용입니다. 무려 옥황상제에게 인정받을 정도로 글솜씨가 뛰어난데 적당히 한량으로 살았던 거잖아요.

두 사람의 만남이라는 '사건'이 일으킨 변화의 흔적은 기 씨 여인에게서도 찾아볼 수 있습니다.

다음 두 편의 시는 그가 홍생과 주고받은 것입니다. 만남 직후 읊은 시에는 평양이라는 장소의 특성이 눈에 띄게 강조되며 망국의 공주가 느끼는 허무함이 드러나 있어요.

옛 성에 올라 남쪽을 바라보니 대동강이 또렷한데

푸른 물결 밝은 모래밭에 기러기 떼가 우네.

기린 수레는 오지 않고 용마도 이미 떠났으니

봉황 피리 소리 끊기고 흙무덤만 남았어라.

갠 산에 비가 오려나, 내 시는 벌써 이루어졌는데

들판 질에는 사람도 없어 나 혼자 술에 취했네.

가시덤불에 묻힌 구리 낙타 내 차마 보지 못하니

천 년의 옛 자취가 뜬구름 되었구나.

　홍생과 시간을 보낸 후 지은 작품에는 이런 덧없음이 인간이라면 모두 느낄 수밖에 없는 감정이라는 깨달음이 담겨 있고요.

어스름히 황폐한 성만 남은 곳에

쓸쓸하게 초목만 우거져,

단풍잎은 하늘하늘 떨어지고

누런 갈대는 차갑게 사각거리네.

신선 사는 곳이라 하늘과 땅 넓기만 한데

티끌세상엔 세월도 빠르구나.

옛 궁궐에는 벼와 기장 여물었고

들녘 사당에는 가래나무와 뽕나무 늘어졌네.

남은 자취는 비석뿐이던가

흥망은 갈매기에게나 물어보리라.

달님은 기울었다 다시 차건만

인생이란 하루살이 같아라.

기자 조선의 몰락을 직접 경험하지 않은 홍생조차 인간사의 무상함을 담아낸 시를 쓰자, 기 씨 여인은 자신을 포함한 모든 인간이 '현실은 사라지기 마련'이라는 생각을 갖고 산다는 것을 인식합니다. 이건 슬픈 일이 아닙니다. 의외로 마음을 달래는 효과가 있어요. 깊은 설움과 허무를 겪는 이에게 '이건 나만 느끼는 감정이 아니다'라는 위안을 주지요. 부벽정에서의 만남은 기 씨 여인이 자신의 슬픔에서 벗어나는 계기가 됩니다. 나아가 홍생이 자신을 발견할 수 있게 유도하며 새로운 삶으로 가는 길을 열어 줍니다.

서로 만나 이전과 다른 존재가 된 기 씨 여인과 홍생은 모두 '사건'을 경험했다고 볼 수 있어요.

인간의 삶은 성공 경험으로만 이루어져 있지 않습니다. 오히려 실패와 그로 인한 비애감과 허무함이 훨씬 큰 비중을 차지하지 않나, 생각합니다. 우리가 사는 곳이 이상 세계가 아닌 만큼 불완전함은 당연히 존재할 수밖에 없습니다.

《금오신화》는 이런 세계를 살아가는 미약하고 미미한 인간이 쥐고 살아야 할 것에 대해 말합니다. 훼손되었을 때 스스로를 지키는 법을 배울 수 있어요. 그것은 이질적인 존재와의 만남을 통해 자아를 확장하고, 자신의 경험에 의미를 부여해 '사건'으로 만들며 나를 '이전과 다른 존재'로 갱신하는 일이랍니다. 인생의 비기를 얻은 것 같아 마음이 든든하지 않나요.

여러분에게 이 소설을 읽은 경험이 하나의 사건으로 기억되길 바랍니다. 별것 아닌 일상을 '사건'으로 바꾸길 바라요. 과거로 돌아갈 수 없는 계기들을 촘촘히 쌓아 두려는 노력은 우리의 삶을 단단하고 튼튼하게 만들어 줄 테니까요.

참고자료: 엄태식, 〈취유부벽정기〉의 서사적 의미와 작가 의식(2013)